CRIMSON PRINCE, vol. 5

First published in Japan in 2009 by SQUARE ENIX CO., LTD.
French translation rights arranged with SQUARE ENIX CO., LTD.
and Ki-oon Limited through Tuttle-Mori Agency, Inc.

Édition française

Traduction :
Tony Sanchez

Adaptation graphique :
Clair Obscur

ISBN : 978-2-35592-287-9
Dépôt légal : juin 2011
Achevé d'imprimer en France par CPI Aubin Imprimeur

5
SOUTA KUWAHARA
Crimson Prince

# Crimson Prince

# 5

Souta Kuwahara

# SOMMAIRE

DING
DONG
DING
DONG
BRR...
ON SE LES GÈLE !
SACRÉ ISSA...
IL N'A PAS FINI DE M'EN FAIRE VOIR DE TOUTES LES COU-LEURS !
BON SANG...

OÙ EST-CE QU'IL A BIEN PU PASSER ?
CHAPITRE 20 GUIDÉ PAR UNE VOIX

APRÈS LA PETITE "VISITE"...
DE MON FRÈRE ET DE MA SŒUR...
CET IDIOT...
S'EST VOLATILISÉ...
HEIN ?
ET DEPUIS, JE NE L'AI PAS CROISÉ UNE SEULE FOIS !
COMME IL ÉTAIT INTROUVABLE, JE PENSAIS QU'IL M'ÉVITAIT...
SECONDE 5
MAIS JE NE ME DOUTAIS PAS QU'IL AVAIT CARRÉMENT DISPARU !
AH BON ?
SHIRO N'EST PAS LÀ ?
NON, ÇA FAIT DEUX SEMAINES QU'ON NE L'A PAS VU !
JE ME DEMANDE BIEN POURQUOI...
DIS-MOI TOUT DE SUITE OÙ IL SE PLANQUE !
HEIN ?
FRSH
LE CONNAISSANT, JE SUIS SÛRE QU'IL EST EN TRAIN DE PRÉPARER UN MAUVAIS COUP...
ALLEZ, CRACHE LE MORCEAU !
EH, ATTENDS !
JE N'EN SAIS PAS PLUS QUE TOI !

TU IGNORES OÙ IL SE TROUVE ?
BAH OUI, POURQUOI JE DEVRAIS ÊTRE AU COURANT ?
JE NE SUIS PAS SA MÈRE, À CE QUE JE SACHE !
MON BRACELET NE RÉAGIT PAS !
TU DIS LA VÉRITÉ...
MAIS ...
C'EST QUAND MÊME BIZARRE...
J'ÉTAIS POURTANT CERTAINE QUE VOUS ÉTIEZ AMIS !
TANT PIS, JE VAIS ME DÉBROUILLER AUTREMENT !
DES AMIS ?
C'EST L'IMPRESSION QU'ON DONNE ?
BON...
C'EST VRAI QUE COMME ON VIENT TOUS LES DEUX DU MÊME MONDE, ON POURRAIT SE CONSIDÉRER COMME DES ALLIÉS...
LUI ET MOI...
MAIS VU NOS FAMILLES RESPECTIVES, DEVENIR PLUS PROCHES EST EXCLU !
IL NE FAUT PAS OUBLIER...

QU'IL EST VENU ICI...
DANS L'INTENTION DE ME TUER !
POURQUOI AVOIR DISPARU...
SI SOUDAINEMENT ?
ÇA FAIT DÉJÀ UNE SEMAINE...
!
AH !
NE ME DITES PAS...
QUE ÇA AURAIT UN LIEN AVEC...
NON...
JIRÔ !
HIII !
GLOUPS
TU M'AS FAIT PEUR...
YO... YOSHINO ?
NE RESTE PAS PLANTÉ DEVANT L'ENTRÉE, TU GÊNES LE PASSAGE !
AH... DÉSOLÉ !
...
AU FAIT...

TU AS DES NOUVELLES D'ISSA ?
QUOI ?
ÇA FAIT PAS MAL DE TEMPS QUE JE NE L'AI PAS VU...
ALORS JE ME DEMAN-DAIS CE QU'IL POUVAIT BIEN FAIRE DE SES JOURNÉES !
HA HA HA...
COMMENT TU VEUX QUE JE LE SACHE ?
AH, TU N'EN AS AUCUNE IDÉE ?
TANT PIS...
JE PENSAIS QUE TOI, TU SAURAIS !
ET POURQUOI ÇA ?
HEIN ?
BAH, C'EST ÉVIDENT...
PARCE QUE VOUS VOUS ENTENDEZ SUPER BIEN, TOUS LES DEUX !
AMIS POUR COMMENCER, ET MAINTENANT SUPER PO-TES...
BEN VOYONS !

J'ADMETS QU'ON TRAÎNE SOUVENT EN-SEMBLE...
MAIS DE LÀ À DIRE QU'ON EST AMIS...
PERSON-NELLEMENT, JE NE TIENS PAS À LE VOIR TOUT LE TEMPS !
...
TU PARLES D'UN MALEN-TENDU !
ICI, ON EST CE QU'ON VEUT BIEN MONTRER AUX HUMAINS...
J'IMAGINE QUE LE ISSA DE CE MONDE EST DIFFÉRENT DE CE QU'IL EST EN RÉALITÉ...
QUE CE SOIT DANS SON APPARENCE, SON COMPORTEMENT OU SA FAÇON DE PARLER !
CLING
VA SAVOIR CE QU'IL A DERRIÈRE LA TÊTE !
TAP
ALORS...
IL N'Y A AUCUNE RAISON...
QUE JE SOIS AU COURANT ...
DE SES MOINDRES FAITS ET GESTES !
CLAC
AH !
TU ÉTAIS LÀ !

JE T'AI CHERCHÉ PARTOUT... DIS, TU N'AS PAS FROID ?
TIENS, TU ES ENCORE LÀ, TOI ?
BEN OUI, PUISQUE J'ÉTAIS À TA RECHERCHE !
EUH...
AU FAIT, TU AS TROUVÉ ISSA ?
NON...
IL N'EST PAS À SON DORTOIR...
ET JE NE VOIS PAS OÙ IL AURAIT PU ALLER, À MOINS QUE...
IL RESTE BIEN UNE POSSIBILITÉ...
IL A PEUT-ÊTRE FAIT COMME MOI...
HEIN ?
NON, RIEN...
POF
IL A DÛ RETOURNER DANS LE MONDE DES DÉMONS !
...
EN TOUT CAS, TU FERAIS MIEUX DE NE PAS TROP TRAÎNER !
LA NUIT TOMBE VITE, EN CE MOMENT...
ET TU VAS ATTRAPER FROID, À RESTER DEHORS !
TU VEUX BIEN ?

ET TOI, ALORS...
TU NE RENTRES PAS ?
PAS ENCORE ...
JE DOIS D'ABORD ALLER...
CLING
CLIC CLAC
VLAM
HEIN ?
TAP
TAP
TAP
TAP
BAM
BAM
OUVREZ !!!
BAM
IL Y A QUELQU'UN ?!
IL RESTE DEUX PERSONNES, ICI !!
TROP TARD...
ZUT ...
C'EST FICHU ...
ON EST COINCÉS ICI !
FIUUU
FIU
ON DIRAIT BIEN...
OH LÀ LÀ...
C'EST UN CAUCHEMAR !!
DOMMAGE QUE GEE NE SOIT PAS LÀ, IL AURAIT PU OUVRIR LA PORTE...
QUELLE POISSE !

EN MÊME TEMPS, SI J'AVAIS ÉTÉ SEUL, J'AURAIS PU PARTIR D'ICI EN VOLANT...
ELLE A VRAIMENT LE CHIC POUR SE POINTER TOUJOURS AU MAUVAIS MOMENT, CELLE-LÀ !
ENFIN...
AH...
TA GRAND-MÈRE FINIRA BIEN PAR APPELER L'ÉCOLE...
...
SI SEULEMENT C'ÉTAIT AUSSI SIMPLE...
C'EST-À-DIRE ?
ELLE EST PARTIE CE MATIN FAIRE UNE CURE THERMALE DE TROIS JOURS AVEC LE COMITÉ DE QUARTIER...
AH BON ?
C'EST POUR ÇA QUE JE VOULAIS TE DONNER LES CLÉS DE LA MAISON !
JE NE COMPRENDS PAS...
TU RENTRES DIRECTEMENT, D'HABITUDE !
QU'EST-CE QU'IL Y A DE SPÉCIAL, AUJOURD'HUI ?
EN FAIT...
JE PENSAIS PASSER À L'HÔPITAL !
À L'HÔPITAL ?
OUI ...
POUR QUOI FAIRE ?
JE DOIS ALLER VOIR QUELQU'UN ...

MA MÈRE...
"COMME SA MÈRE EST À L'HÔPITAL..."
AH...
ÇA ME REVIENT, À PRÉSENT...
C'EST VRAI, SA MÈRE EST HOSPITALISÉE !
...
C'EST VRAIMENT BÊTE...
EN PLUS, JE NE COMPTAIS PAS Y RESTER LONGTEMPS...
J'AURAIS MIEUX FAIT D'Y ALLER DIRECTEMENT !
...
J'AI PRIS LA MAUVAISE DÉCISION...
C'EST DE MA FAUTE, MAINTENANT ?
HA HA HA...
MAIS NON...
ÇA FAISAIT LONGTEMPS...

QU'ELLE N'AVAIT PAS PARLÉ DE SA MÈRE...
DEPUIS LE JOUR DE NOTRE RENCONTRE, EN FAIT !
ET ENCORE...
C'EST PARCE QUE JE LUI AVAIS POSÉ LA QUESTION !
EN TEMPS NORMAL, ELLE N'Y FAIT JAMAIS ALLUSION...
ALORS ON N'A PAS VRAIMENT EU L'OCCASION D'EN DISCUTER...
QUOIQUE, POUR ÊTRE HONNÊTE...
ON A SOIGNEUSE-MENT ÉVITÉ D'ABORDER LE SUJET !
JE CROIS QU'INCONS-CIEMMENT...
ON NE VOULAIT PAS PARLER DE NOS PARENTS !
MAIS...

J'AI FINI...
"JE SUIS LE FILS DE L'USUR-PATRICE..."
PAR LUI RÉVÉLER CERTAINES CHOSES !
JE ME DEMANDE...
CE QU'ELLE S'EST DIT À CE MOMENT-LÀ...
AAAH...
FIUUUU
ぴゅ
ÇA CAILLE !!

QUEL VENT GLACIAL !
JE SUIS GELÉE !
AH... ATCHOUM !
...
GH...
FIUUU
SNIF
BRR...
AU MOINS...
S'IL NEIGEAIT, LE FROID SERAIT PLUS SUPPORTABLE...
NON ?
SNIF
AU CONTRAIRE, CE SERAIT PIRE !
IDIOTE !
...
SNIF
すんっ…
ET QUE...
SI ON AVAIT DES AILES...
ON POURRAIT RENTRER EN VOLANT !
NON ?
EUH...
SI, SI...
C'EST SÛR...
IL A DES AILES ET IL PEUT RENTRER...
C'EST TOUJOURS...
DANS DES SITUATIONS DÉSESPÉRÉES COMME CELLE-LÀ...
QU'UN HÉROS SURGIT DE NULLE PART !!
ENFIN, C'EST CE QUI SE PASSE À LA TÉLÉ, EN TOUT CAS...
L'ÉQUIPE DE CHOC
DIMANCHE MATIN À 7 H 30
QUAND ON VEUT...
ON PEUT !
GO RANGERS !
NORMALEMENT, C'EST LÀ QU'INTERVIENNENT LES GO RANGERS...
ÇA Y EST, LE FROID LUI ATTAQUE LE CERVEAU...

OU ENCORE ...
QUE LE PRINCE CHARMANT VIENT DÉLIVRER...
SA PRINCESSE !
TING
"ALTESSE..."
...
"ALTESSE..."
HEIN ?

"ELLE T'A APPELÉ !"
AH !
MAIS ...
BOBOM
?!
C'EST QUOI, CETTE VOIX DANS MA TÊTE ?
L'ŒIL POURPRE ?
BOBOM
BOBOM
BOBOM
NON... RIEN À VOIR AVEC LES AUTRES FOIS !
"J'AI ATTENDU TOUT CE TEMPS..."
AVANT, C'ÉTAIT UNE VOIX DE FEMME...
ALORS QUE MAINTENANT...
HÉ HÉ...
ÇA Y EST, JE ME METS À PARLER COMME LA DÉLÉGUÉE !
MON PRINCE !
LA FÊTE DU LYCÉE EST PASSÉE DEPUIS LONGTEMPS, POURTANT !

DE TOUTE FAÇON, SI C'ÉTAIT AUSSI SIMPLE, ÇA SE SAURAIT !
HEIN, JIRÔ ?
EUH ...
FSH
OUI ...
QUOI ?
HMM...
C'EST RIGOLO, QUAND MÊME...
TOUT LE MONDE TROUVE QUE TU AS TOUT DU PRINCE CHARMANT, MAIS...
HI HI HI...
FIU
JE VOIS...
TU SOUS-ENTENDS QU'ON NE PEUT PAS COMPTER SUR MOI...
C'EST ÇA ?
MAIS NON, CE N'EST PAS CE QUE J'AI VOULU DIRE...
C'EST JUSTE QU'ON EST TOUS IMPUIS-SANTS FACE À CE GENRE DE SITUATION !
!
CRAC
CETTE SENSATION...
ÇA RECOM-MENCE !
BOBOM
BOBOM
BOBOM
L'ŒIL POURPRE...
"EH !"

"ELLE T'A APPELÉ, NON ?"
"ET ÇA FAIT UN MOMENT DÉJÀ !"
"QU'EST-CE QUE TU ATTENDS ?"
"DÉPÊCHE-TOI !"
"C'EST UNE OCCASION..."
"À NE PAS RATER..."
"ALTESSE !"
NON, PAS TOUS...
MOI, JE PEUX NOUS SORTIR DE LÀ !

HEIN ?
JIRÔ ?
MAIS...
QU'EST-CE QUE JE VIENS...
DE DIRE ?
...
HA HA... NE TE VEXE PAS...
JE M'EXCUSE !
CE N'EST PAS DE TA FAUTE SI ON EST ENFERMÉS...
POF
D'ACCORD ?
JE PLAISANTAIS !
BOBOM
BOBOM
HANA...
OUI ?
À QUI APPARTIENT...
CETTE VOIX ?

EST-CE QUE CE SERAIT...
EUH...
QU'EST-CE QUE JE DISAIS, DÉJÀ ?
BAM
!
OUH LÀ...
MAIS SES DOIGTS SONT GLACÉS !
SI ÇA CONTINUE, ELLE VA CHOPER LA CRÈVE !
AAH...
TES MAINS SONT BIEN CHAUDES !
VEINARD !
HEIN ?!
AH !
ALORS C'EST VRAI, CE QU'ON RACONTE ? LES FILLES SONT PLUS FRILEUSES QUE LES GARÇONS ?
C'EST PAS JUSTE !
MERCI, MAIS...
TU PEUX ENLEVER TA MAIN !
ELLE VA FINIR PAR GELER, SINON !

QUI ES-TU ?
"PEU IMPORTE QUI JE SUIS..."
"FAIS CE QUE TU AS À FAIRE !"
BOBOM
DE QUOI TU PARLES ?
"ELLE T'A APPELÉ !"
QUI ÇA ?
BOBOM
"CETTE FILLE !"
HANA ?
BOBOM
"ELLE VEUT QUELQUE CHOSE..."
AH BON ? ET QUOI, AU JUSTE ?
"J'ESPÈRE QUE TU COMPRENDS POURQUOI..."
"ALTESSE !"
"NE LA RETIRE PAS !"

HANA...
SI J'ÉTAIS UN PRINCE, TU FERAIS QUOI ?
...
HEIN ?
SI JAMAIS JE TE DISAIS QUE J'ÉTAIS CAPABLE DE VOLER...
ET DE TE SAUVER...
TU FERAIS QUOI ?
"TOI, BIEN SÛR !"
BOBOM

QU'EST-CE QUE TU RACONTES ?
TU TE SENS MAL ?
AU CONTRAIRE, JE VAIS TRÈS BIEN !
POF
TOI, EN REVANCHE ...

ON NE PEUT PAS EN DIRE AUTANT !
BOBOM
BOBOM
BOBOM
BOBOM
QU'EST-CE QUE VOUS FABRIQUEZ, TOUS LES DEUX ?

VOUS ÊTES LÀ DEPUIS QUAND ?!!
?!
ÇA ALORS ...
はっ
AH !
ISSA EST REVENU !!
RAVI DE TE REVOIR, HANA !
ON GÈLE ICI !
...
KÔJIRÔ ...
TU PEUX M'EXPLIQUER CE QUE TU FAISAIS ?
HEIN ?!
EUH... MAIS DE QUOI TU PARLES ?!
"SI J'ÉTAIS UN PRINCE, TU FERAIS QUOI ?"
"TOI, EN REVANCHE, ON NE PEUT PAS EN DIRE AUTANT !"
...
ÇA A RECOMMENCÉ...
"MOI, JE PEUX NOUS SORTIR DE LÀ !"
COMME TOUT À L'HEURE, APRÈS AVOIR ENTENDU CETTE VOIX...
J'AI AGI INCONSCIEMMENT...

C'EST BIZARRE, MAIS...
J'AI L'IMPRESSION D'AVOIR DIT ET FAIT DES TRUCS PAS NETS !
AAAH !
M... MAIS RIEN DU TOUT, POURQUOI ?
MENTEUR !
AAH !
DU CALME, VOUS DEUX...
AAH !
...
...
DITES...
ON POURRAIT CONTINUER CETTE CONVERSATION AU CHAUD, NON ?
OUI...
ALLONS-Y !
PAS SI VITE !
D'OÙ EST-CE QUE VOUS SORTEZ, D'ABORD ?!
PLUS TARD, LES EXPLICATIONS !
OUAIS !!
ÇA CAILLE SÉVÈRE...
...
ALLEZ, ON SE DÉPÊCHE !
LÂCHE-MOI !
C'EST BON, J'ARRIVE !
“SI J'ÉTAIS UN PRINCE, TU FERAIS QUOI ?”

J'AI ÉTÉ TELLEMENT SURPRISE...
QUE JE N'AI PAS RÉUSSI À RÉPONDRE...
"SI J'ÉTAIS..."
RENTARÔ...
"USURPATEUR..."
HÉRITIER...
"UN PRINCE..."
NADESHIKO...
BOBOM
"MA MÈRE..."
NON...
JE ME FAIS SÛREMENT DES IDÉES !
POURTANT...
JE CROIS...
QUE JE N'AURAIS PAS DÛ LUI POSER DE QUESTIONS !
TU N'ES PAS...
COMME TOUT LE MONDE, N'EST-CE PAS ?
C'ÉTAIT UNE ERREUR...

ENFIN...
"RESTE TOI-MÊME !"
QUOI QU'IL EN SOIT...
HANA !
AH !
ON Y VA !
J'ARRIVE !
SI C'EST CE QU'IL SOUHAITE...
JE NE VAIS RIEN CHANGER...
À MON COMPORTEMENT !
AU FAIT, JIRÔ...
AH...
TIENS, VOILÀ LA CLÉ !
TU COMPTES TOUJOURS ALLER À L'HÔPITAL ?
OUI...
ET J'EN PROFITERAI POUR PASSER AU SUPERMARCHÉ !

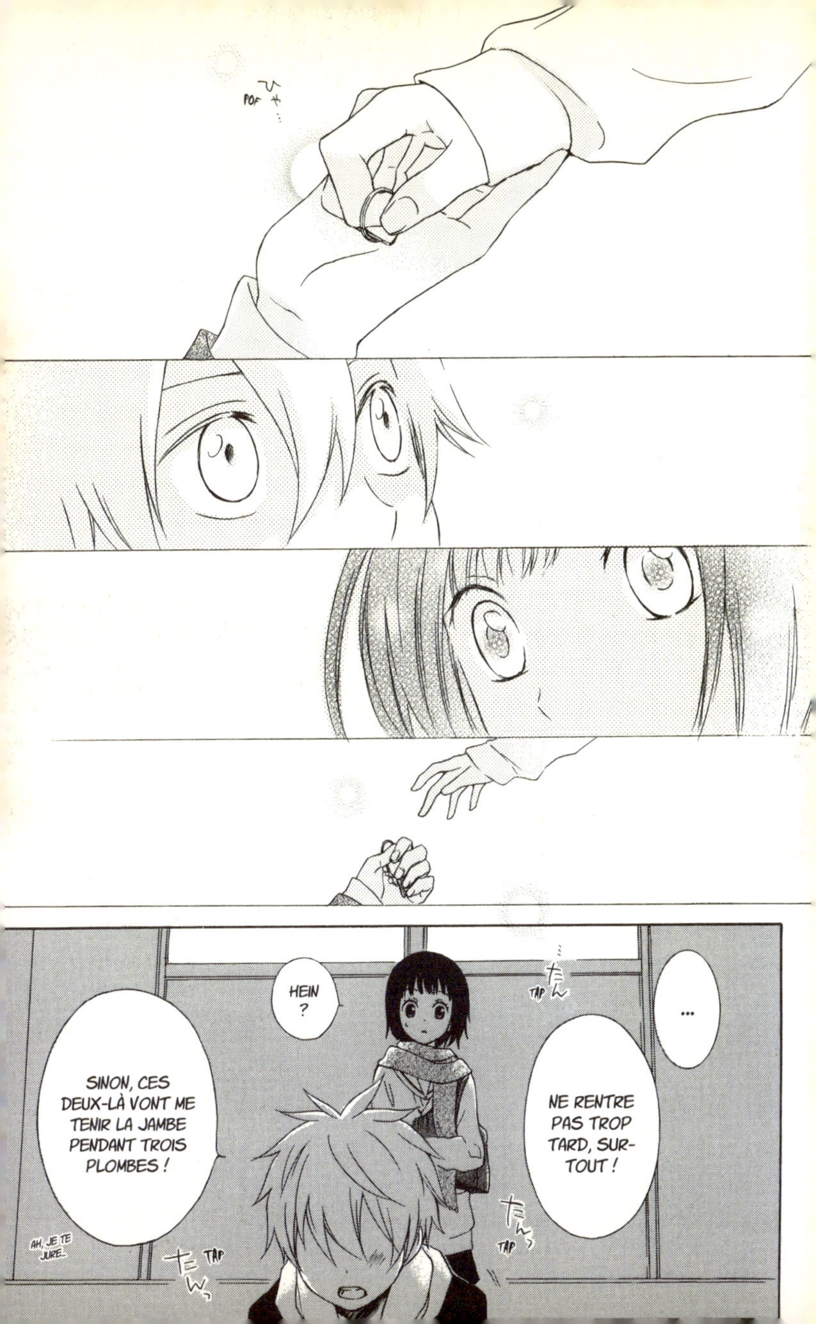
POF
TAP
...
NE RENTRE PAS TROP TARD, SURTOUT !
HEIN ?
SINON, CES DEUX-LÀ VONT ME TENIR LA JAMBE PENDANT TROIS PLOMBES !
TAP
TAP
AH, JE TE JURE...

...
OK !
À TOUT À L'HEURE !
QUEL IDIOT...
IL POURRAIT ME LE DIRE CLAIREMENT...
QUE JE DOIS ME DÉPÊCHER À CAUSE DU FROID !
CELUI-LÀ, IL FAUT TOUJOURS QU'IL TOURNE AUTOUR DU POT !
DE RETOUR À LA MAISON...
TU EN AS MIS DU TEMPS !
QU'EST-CE QUE TU FABRIQUAIS ?
TE GÊNE PAS, SURTOUT !
JE M'ENNUYAIS, MOI !

CHAPITRE 21 DANS TON REGARD

Crimson Prince

TU...
VAS...
RENTRER !
DANS...
TES...
RÊVES !
PARDON ?!
NON MAIS TU TE CROIS OÙ, LÀ, HEIN ?!
OUI, C'EST LA MAISON DE HANA, JE SUIS AU COURANT !
BLA ぎゃあ BLA
JE NE SUIS QU'UN INVITÉ, ICI !
CHOMP もぐ
CHOMP もぐ
CRUNCH むぐ
CRUNCH むぐ
MAIS JE TROUVE ÇA LOUCHE, QUE TU HABITES CHEZ UNE FILLE !!
PERVERS !!
BLA ぎゃあ BLA
QU...
JE N'AI PAS LE CHOIX, JE TE SIGNALE !

AU FAIT, AYA...
TU N'AVAIS PAS QUELQUE CHOSE D'IMPORTANT À DIRE À KÔJIRÔ ?
TU DEVRAIS COMMENCER PAR LÀ !
AH !
HEIN ?
CHOMP
CHOMP
CHOMP
BAM
JE SUIS DÉSOLÉÉÉ !!
MAIS QU'EST-CE QUI TE PREND, BON SANG ?!
JE LE SENTAIS VENIR...
RENTARÔ ET NADESHIKO ?
BAH, ÇA NE M'INQUIÈTE PAS PLUS QUE ÇA, TU SAIS...
EUH... POURQUOI TU TE PLANQUES DERRIÈRE ISSA ?
FSH
POF

TU...
TU N'ES PAS EN COLÈRE ?
POURTANT...
NON ?
C'EST DE MA FAUTE S'ILS T'ONT TROUVÉ...
TU ES SÛR QUE ÇA VA ?
"KÔJIRÔ..."
"NE L'OUBLIE PAS !"
"SI JAMAIS TU T'ÉCARTES ENCORE DU CHEMIN QUI T'EST DESTINÉ..."
"ON NE TE FERA PAS DE CADEAUX..."
"ET JE MONTERAI SUR LE TRÔNE À TA PLACE !"
"NE L'OUBLIE PAS !"
NON, ÇA NE VA PAS DU TOUT...
À CHAQUE FOIS QUE JE PENSE À EUX...
MON POULS S'ACCÉLÈRE !
JE NE VAIS PAS POUVOIR CONTINUER À ME VOILER LA FACE...
ENCORE TRÈS LONGTEMPS !

JE CROIS SINCÈREMENT...
QU'ON PEUT FORMER UN VRAI FOYER.
POURTANT...
BIZARREMENT...
EST-CE QUE...
CET ENDROIT NE PEUT PAS DEVENIR TON FOYER ?
J'AI COMME L'IMPRESSION...
QUE POUR L'INSTANT...
BAH, ÉCOUTE...
ON VERRA BIEN !
J'ARRIVE À GÉRER !
AH...
ÇA RECOMMENCE...
C'EST PAS VRAI...
TU ES SÉRIEUX ?
IL NE S'AGIT PAS DE N'IMPORTE QUI, JE TE RAPPELLE !
IL A ENCORE...

BAM
CETTE EXPRESSION QUE JE NE LUI CONNAISSAIS PAS !
JE CROYAIS QUE C'ÉTAIENT EUX QUI T'EFFRAYAIENT LE PLUS !
TAP
AH...
EXCUSE-MOI...
MAIS JE ME FAIS DU SOUCI POUR TOI !
TU CONNAIS TA SŒUR ...
AYATO !
ÇA VA, JE TE DIS !
POUR QUI TU ME PRENDS ?

DÉSOLÉ ...
IL A L'AIR CALME ET POSÉ...
TANDIS QU'EN LEUR PRÉSENCE...
IL A TOUJOURS ÉTÉ INCAPABLE DE GARDER SON SANG-FROID !
C'EST POUR ÇA...
QUE J'AI PENSÉ...
QU'APRÈS LEUR PASSAGE...
KÔJIRÔ REVIENDRAIT VIVRE DANS LE MONDE DES DÉMONS !
MAIS EN FAIT...
POURQUOI...
ENFIN...
PFF...
MAINTENANT QUE TU SAIS QU'IL N'Y A AUCUN PROBLÈME, TU VAS POUVOIR RENTRER !
PAS QUESTION !
ALORS TOI...
CONTINUE COMME ÇA, ET IL VA T'ARRIVER DES BRICOLES !!
GEE, VIENS ICI !!
GRR...
TCHAC
TU M'ENQUIQUINES...
TU NE COMPRENDS PAS...
C'EST JUSTE QUE...
EST-CE QUE TU AS TANT CHANGÉ ?
JE...

POURQUOI TU NE TE CONTENTES PAS DE TON STATUT DE PRINCE ?
JE N'AI AUCUNE ENVIE DE RETOURNER LÀ-BAS, SI TU N'Y ES PAS !!
JE REFUSE DE LEUR OBÉIR !!
AYA...
JE NE RENTRERAI PAS...
SANS TOI !
UN POINT C'EST TOUT !
TAP
TAP
SALE PERVERS !
EUH...
C'EST QUOI LE RAPPORT AVEC LA CHOU-CROUTE ?!
ばた TAP
ばた TAP
ばた TAP
...

BON SANG ...
POURQUOI EST-CE QU'IL N'EN FAIT QU'À SA TÊTE ?!
CALME-TOI, VOYONS !
COMMENCE DÉJÀ...
PAR ÉCOUTER CE QU'IL A À DIRE !
JE REFUSE DE LEUR OBÉIR !!
...
QUELLE GALÈRE...
CLAC
DÉCIDÉMENT, JE NE SUIS PAS SORTI DE L'AUBERGE !
À PLUS !
BON COURAGE !
TAP
TAP
ON DIRAIT QU'AYA AUSSI...
N'EST PAS LÀ PAR HASARD !

CLAC
AYA ?
PERSONNE...
ICI NON PLUS...
TOUJOURS RIEN...
IL EST INTROUVABLE...
POURTANT, LE CONNAISSANT, IL N'A PAS DÛ QUITTER LA MAISON !
FSH
IL NE RESTE PLUS QUE...
LA CHAMBRE DE HANA !
...
EUH... NON, ÇA NE SE FAIT PAS...
D'ENTRER DANS LA CHAMBRE D'UNE FILLE EN SON ABSENCE, MÊME SI C'EST UN BOULET !
HMM...

D'UN AUTRE CÔTÉ, C'EST LA SEULE PIÈCE QUE JE N'AI PAS ENCORE FOUILLÉE...
MAIS...
UNE MINUTE...
PEUT-ÊTRE...
QUE JE NE LE VOIS PLUS, TOUT SIMPLEMENT !
S'IL A DÉCIDÉ DE SE RENDRE INVISIBLE...
J'AURAI BEAU LE CHERCHER, JE PEUX TOUJOURS COURIR POUR LUI METTRE LA MAIN DESSUS !
TSS...
IL EST VRAIMENT CASSE-PIEDS, QUAND IL S'Y MET !
TAP
TAP
ÇA SUFFIT, AYA !!
JE SAIS QUE TU ES LÀ, ALORS MONTRE-TOI !!
COMPRIS ?!

C'EST BIEN CE QUE JE PENSAIS...
IL NE PEUT PLUS ME VOIR...
C'EST TERMINÉ...
IL NE ME TROUVERA PLUS, DÉSORMAIS !

PFF ...
J'AI EU BEAU M'ÉGOSILLER DANS TOUTE LA MAISON, PAS DE RÉPONSE !
JE NE SAIS PLUS QUOI FAIRE...
AH...
IL EST TELLEMENT DIFFÉRENT DU AYA QUE J'AI CONNU !
AVANT, IL ÉTAIT MOINS GAMIN, PLUS DIRECT...
ET PUIS ...
IL NE CHERCHAIT JAMAIS À SE RENDRE INVISIBLE AVEC MOI !
QUAND EST-CE QU'IL A CHANGÉ ?
AUCUNE IDÉE...
TIENS ...
JIRÔ ?

HANA ?
FFF...
JUSTE UNE INTERMINABLE PARTIE DE CACHE-CACHE...
HEIN ?
?
BAH ALORS ...
QU'EST-CE QUE TU FAIS LÀ ?
EH !
HOP !
J'AI RECONNU TA VOIX !
SALUT, HANA !
ISSA !
CONTENTE QUE TU SOIS ENCORE LÀ !
COMME MA GRAND-MÈRE EST ABSENTE, J'AI PENSÉ QU'ON POURRAIT MANGER TOUS ENSEMBLE !
C'EST VRAI ? ♪
JE PEUX ?
OUI, PUISQUE JE TE LE DIS !
AU FAIT, IL EST AVEC VOUS...
EUH... AYATO, C'EST ÇA ?
AH...
DONNE-MOI TES SACS, JE VAIS T'AIDER !
MERCI !
EH BIEN...
JIRÔ LE CHERCHE, JUSTEMENT !
AH BON ?

QU'EST-CE QUI S'EST PASSÉ ?
NE T'INQUIÈTE PAS...
ON VA FINIR PAR LE TROUVER !
MAIS ...
AH !
TU AS LES MAINS GLACÉES, HANA !!
AAH !
AH, DÉSOLÉE...
!
TU VAS CHOPER LA CRÈVE !
VA TE RÉCHAUFFER !
...
HA HA HA... D'ACCORD !
C'EST BIEN POUR ÇA QUE JE T'AVAIS DIT DE NE PAS TRAÎNER...
IDIOTE !
FRSH
TU M'EXCUSERAS, MAIS...
TU N'AS PAS PARLÉ DU FROID !

HEIN ?
QU'EST-CE QUE TU RACONTES ?
RIEN, LAISSE TOMBER !
AH...
AU FAIT ...
ÇA TE TENTE, QU'ON MANGE...
TOUS LES QUATRE, CE SOIR ?
AH !
HEIN ?!
EUH...
C'EST À MOI QU'ELLE S'ADRESSE ?
BIEN SÛR, À QUI D'AUTRE SINON ?
QUEL CRÉTIN JE FAIS !
TU SAIS, POUR CE QUI EST D'AYA, JE NE SAIS PAS S'IL...
TU NE VEUX PAS ?

DOMMAGE, SURTOUT QUE J'AI ACHETÉ DE QUOI NOURRIR TOUT UN RÉGIMENT !
HMM...
ÇA NE M'EMBÊTE PAS, JE T'ASSURE...
CE SERA PRÊT DANS PAS LONGTEMPS, EN PLUS !
ALLEZ, PUISQUE TU ES LÀ, PROFITES-EN POUR TE JOINDRE À NOUS...
AYATO !
...
AH...
MAIS TU AS PEUT-ÊTRE AUTRE CHOSE DE PRÉVU ?
HANA...
OUI ?
DIS-MOI...
À QUI EST-CE QUE TU PARLES, EXACTEMENT ?
?
BAH...
TU ES BÊTE OU QUOI ?
À TON AMI, ÉVIDEMMENT !

QU'EST-CE QU'ELLE ME CHANTE ENCORE ?
EUH... TES NEURONES ONT CONGELÉ, C'EST ÇA ?
HEIN ?
EN CE MOMENT, AYATO EST...
JE NE COMPRENDS PAS...
MÊME TOI...
TU AS ÉTÉ INCAPABLE DE ME VOIR !
AYA...

NI KÔJIRÔ NI ISSA N'ONT PERÇU MA PRÉSENCE !
JE M'ÉTAIS RENDU INVISIBLE...
ALORS, VERDICT ?
TU ES PARTANT ?
ALORS COMMENT ÇA SE FAIT QU'ELLE...
OUI, POURQUOI PAS...
C'EST NOTÉ !
ESPÈCE DE PARASITE !!!

FSHH
FSH
PASSE-MOI LE SEL !
DEUX SECONDES...
...
PSST ...
JIRÔ !
OUI ?
J'AI COMME L'IMPRESSION D'ÊTRE OBSERVÉE, DEPUIS TOUT À L'HEURE...
JE LUI AI FAIT QUELQUE CHOSE ?
FSH
EUH...
C'EST RIEN... IL A TOUJOURS ÉTÉ UN PEU BIZARRE !
AH BON...
SI JE SUIS RESTÉ, C'EST AVANT TOUT POUR KÔJIRÔ, MAIS...

MÊME SI EN APPARENCE, ELLE A L'AIR NORMALE...
C'EST LA CIBLE DE KÔJIRÔ !
TÔT OU TARD, IL VA DEVOIR...
LUI VOLER SON ÂME !
HMM...
ELLE AURAIT DES POUVOIRS ?
...
HANA, TU SAIS QUE JE N'AIME PAS ÇA...
QUOI ?
C'EST AUSSI PARCE QUE CETTE FILLE M'INTRIGUE...
"JE NE VOIS RIEN !"
"COMMENT ÇA SE FAIT ?"
C'EST UNE PAGE BLANCHE...
DEPUIS UN PETIT MOMENT DÉJÀ !

FSH
...
IL FAUT MANGER DE TOUT !
TIENS, REPRENDS-EN !
ARRÊTE, JE TE DIS !
RAAH, ÇA M'ÉNERVE !!
BAM
CLONG
JE N'ARRIVERAI À RIEN COMME ÇA !!
AAAH !
OUPS...
DÉSOLÉ ...
HEIN ?!
MAIS ÇA NE VA PAS LA TÊTE ?!
AU FAIT, EST-CE QUE JE PEUX RESTER DORMIR ICI CETTE NUIT ?
EUH ...
OUI, PAS DE PROBLÈME...
QUOI ?!
TU ES VRAIMENT SÛRE ?!!

TIENS, TIENS... ÇA DEVIENT INTÉRESSANT !
JE PEUX ME JOINDRE À VOUS ? ♡
MAIS HANA ...
TU NE VAS PAS...
CE N'EST PAS GRAVE, GRAND-MÈRE N'EST PAS LÀ ET IL Y A PLEIN DE CHAMBRES LIBRES...
EN PLUS, IL EST TARD !
ALORS C'EST DÉCIDÉ ...
ON RESTE DORMIR ICI !
UNE MINUTE !
CE N'EST PAS À VOUS DE CHOISIR !!
SI JE VEUX AIDER KÔJIRÔ...
JE DOIS ABSOLUMENT...
EN APPRENDRE PLUS...
SUR TOI !

# CHAPITRE 22 AVANT DE DORMIR

PUISQUE JE VOUS LE DIS !
ÇA NE ME DÉRANGE PAS DE PASSER EN DERNIER ...
LES INVITÉS, D'ABORD !
JE NE SUIS PAS D'ACCORD... PRIORITÉ AUX FILLES, C'EST NORMAL !
NE T'OCCUPE PAS DE NOUS, VAS-Y !
EUH..
MAIS ...
ÇA VA, TU PEUX Y ALLER !
C'EST BON !
MAIS ...
BON, TU TE DÉCIDES, OUI ?!
SI VOUS INSISTEZ ...
À MOI LA SALLE DE BAINS !
PRENDS TOUT TON TEMPS !
TAP TAP
BIEN ...
J'Y VAIS AUSSI !
OK, À TOUT À L'HEURE !
TAP
TAP
TAP
TAP
...

EH OH...
ATTENDS UN PEU, TOI !!
TU VAS OÙ, COMME ÇA ?!
POF
POF
LÂCHEZ-MOI, ENFIN !
PAS QUESTION ! QU'EST-CE QUE TU AVAIS L'INTENTION DE FAIRE ?!
BAH... PRENDRE UN BAIN !
AUX DERNIÈRES NOUVELLES, HANA UTILISE DÉJÀ LA BAIGNOIRE !
TU ES COMPLÈTEMENT DINGUE !
JUSTEMENT, JE COMPTAIS...
JUSTEMENT RIEN DU TOUT !!
AYA...
TU VEUX M'ATTIRER DES ENNUIS...
C'EST ÇA ?
ALORS ?
NON, POURQUOI ?
LAISSE MA MANCHE TRANQUILLE !
POUR ÊTRE HONNÊTE, TU COMMENCES SÉRIEUSEMENT À M'AGACER !
DU CALME...
...
BON, PENDANT QUE HANA EST OCCUPÉE...
TU VAS EN PROFITER POUR RÉPONDRE À UNE QUESTION !

À QUOI TU FAISAIS ALLUSION...
TOUT À L'HEURE ?
JE REFUSE DE LEUR OBÉIR !!
DIS-MOI ...
IL S'EST PASSÉ QUELQUE CHOSE DE GRAVE, CHEZ NOUS ?
...
...
AH...
OK...
SI TU N'AS PAS ENVIE D'EN PARLER, ÇA TE REGARDE...
LE PROBLÈME ...
C'EST QUE TU AS DÉCIDÉ DE RESTER ICI CETTE NUIT !!
JE SUIS SÛR QUE ÇA T'AMUSE DE ME FAIRE TOURNER EN BOURRIQUE !!
J'EXIGE DES EXPLICATIONS !
BAM
ET ÇA VAUT POUR TOI AUSSI, ISSA !!
DÉSOLÉ.

C'EST COMME QUAND JE TE CHERCHAIS...
TU AS FAIT...
EXPRÈS...
RIEN QUE POUR M'EMBÊTER...
IL S'EST RENDU INVISIBLE...
DE MANIÈRE...
À CE QU'ON NE PUISSE PAS LE RETROUVER !
ET POURTANT...
AYATO !
COMMENT ÇA SE FAIT...
QUE HANA AIT PU LE VOIR...
ET PAS MOI ?
J'AI CRU QU'IL AVAIT DISPARU VOLONTAIREMENT...
MAIS...
JE NE COMPRENDS PAS...
VU SA RÉACTION...
... TU TE TROMPES !

CE N'EST PAS POUR TE CONTRARIER QUE J'AI DÉCIDÉ DE RESTER...
SEULEMENT...
IL Y A UN TRUC QUI ME CHIFFONNE !
DE QUOI IL PARLE ?
COMMENT ÇA ?
...
TU PEUX TOUJOURS COURIR POUR QUE JE TE LE DISE !
GRR..
FUIT
OH, ET PUIS, TU M'ÉNERVES...
TU ÉTAIS MOINS PÉNIBLE QUAND ON ÉTAIT GAMINS !
AYA ...
...
TU AS BEAUCOUP CHANGÉ...
"POURQUOI ?"

"KÔJIRÔ..."
"POURQUOI TU T'EN VAS ?"
"HEIN, DIS ?"
"POURQUOI TU AS CHANGÉ ?"
PEUT-ÊTRE ...
MAIS JE NE SUIS PAS LE SEUL !
HEIN ?
TU PEUX M'EXPLIQUER POURQUOI TU TE COMPORTES COMME ÇA ?!
ES-PÈCE DE...
BAM
EUH ...
ES-PÈCE DE... EUH...
TADAM
SALE PETIT NAIN !
L'INSULTE SUPRÊME →
QUOI ?!
C'EST TOI QUI ES TROP GRAND, D'ABORD !
?cm
FUIT
MINUS !
C'EST FINI, OUI ?!

TAP とた
TAP とた
DITES DONC, LES GARS !
AH...
EUH...
C'EST JUSTE QUE...
ON...
BAISSE ...
D'UN TON ...
VOUS EN FAITES DU BOUCAN ! VOUS AVEZ VU L'HEURE ?
D'AC-CORD ?
CHUUT !
POF
...
EUH ...

*PETITE TABLE CHAUFFANTE RECOUVERTE D'UN FUTON OU D'UNE COUVERTURE ÉPAISSE, NDT.

AH !
JIRÔ …
TU RECOMMENCES !
VOILÀ, TOUT EST PRÊT…
ET J'AI LIBÉRÉ LA SALLE DE BAINS !
D'ACCORD…
OK !
HANA …
C'EST QUOI, CE BAZAR ?
OH…
J'AI PENSÉ QUE CE SERAIT UNE BONNE IDÉE, GENRE AMBIANCE "SOIRÉE PYJAMA"…
TADAM
AU DÉBUT, JE VOULAIS JUSTE SORTIR LES FUTONS, ET AU FINAL J'AI TOUT INSTALLÉ !
C'EST RIGOLO, NON ? COMME SI VOUS ÉTIEZ À L'HÔTEL ! ♪
SI TU LE DIS…
MAIS POURQUOI TU AS AUSSI MIS LE MIEN ICI ?
C'EST MIEUX SI VOUS DORMEZ TOUS ENSEMBLE, NON ?
HEIN ?!
MAIS JE
TROP COOL… BIEN VU, HANA !
PAR CONTRE …
NE FAITES PAS TROP DE BRUIT !
BONNE NUIT !
ATTENDS !
MERCI, TOI AUSSI !

TIC カチ…
TAC カチ…
…
FRSH むくっ
TAP とた
TAP
TU VAS OÙ, AYA ?
BEN…
C'EST UN SE-CRET !
…
CLAC パタン
UN SECRET ?
JE SAIS…
UNE ENVIE PRESSANTE, PEUT-ÊTRE ?
HÉ HÉ HÉ…
PIRE QU'UNE FILLE, CELUI-LÀ…

TIC
TAC
IL EN MET, DU TEMPS...
DIS, JIRÔ...
FRSH
TOUT À L'HEURE...
QUAND IL A ESSAYÉ DE SUIVRE HANA DANS LA SALLE DE BAINS...
C'ÉTAIT BIZARRE...
IL EST ALLÉ UN PEU TROP LOIN, NON ?
TU CROIS QU'IL ÉTAIT SÉRIEUX ?
JE NE SAIS PAS...
IL A TELLEMENT CHANGÉ !
ET...
ÇA NE T'INQUIÈTE PAS ?
QUOI DONC ?
HMM...
JE ME FAIS PEUT-ÊTRE DES IDÉES, MAIS...
EUH...
IMAGINE QU'IL ESSAIE DE DORMIR AVEC ELLE, CETTE FOIS...
ET QU'IL S'INTRODUISE DANS SA CHAMBRE !
TU FERAIS QUOI ?
TU PLAISANTES, LÀ ?
HA HA HA...
TU AS RAISON... IL N'OSERAIT QUAND MÊME PAS !
...
IL SAIT QUE HANA EST MA CIBLE, C'EST VRAI...
ET C'EST SANS DOUTE POUR CETTE RAISON QU'IL EST RESTÉ...

"JE NE TE LAISSERAI PAS LE FAIRE À MA PLACE !"
C'EST À MOI DE M'EN OCCUPER...
ET JE NE TE LAISSERAI PAS LE FAIRE À MA PLACE !
N'EMPÊCHE, J'AI ÉTÉ TRÈS CLAIR À CE SUJET !
...
PAR CONTRE...
S'IL S'IMAGINE...
QUE JE RESTE À CAUSE D'ELLE...
PEUT-ÊTRE QUE...
HMM...
IL N'AURAIT PAS COMPLÈTEMENT TORT, MAIS...
UNE MINUTE...
"JE NE COMPRENDS PAS..."
MAINTENANT QUE J'Y REPENSE...
IL S'EST CONDUIT BIZARREMENT, AUJOURD'HUI !
"EST-CE QUE JE PEUX RESTER DORMIR ICI CETTE NUIT ?!"
ET SI...
"IL Y A..."
"UN TRUC QUI ME CHIFFONNE !"
BAM
JIRÔ ?! QU'EST-CE QUI TE PREND ?!

TOC
TOC
HANA !
TU N'AURAIS PAS VU AYA ?!
EH !
BAM
BAM
HANA ?!
ELLE EST EN TRAIN DE DORMIR ?
FSH
NON...
ELLE SE SERAIT RÉVEILLÉE, AVEC TOUT CE RAFFUT !
J'ESPÈRE QU'AYA NE LUI A PAS FAIT DE MAL...
DIS, JIRÔ...
POURQUOI TU HURLES COMME ÇA ?
HANA VA TE PASSER UN SAVON !
ET PUIS QUELLE MOUCHE T'A PIQUÉ ?
TU AS FILÉ COM...
BAM
EEEEH !!!
HEIN ?!!
BRR
TAP
ÇA CAILLE...
TAP

AAAAH !!
POF
AÏE...
TU M'AS FAIT MAL, JIRÔ !
SI TU ME DÉRANGES DANS MON SOMMEIL ...
JE VAIS FAIRE DES RÊVES BIZARRES !
BLOP
GEE !!
REGARDE SI HANA VA BIEN !!
HEIN ?
POF
ELLE NE RÉPOND PAS !!
POUR-QUOI MOI ?
AÏE ...
ÇA FAIT MAL !!
BLOP
JIRÔ, CALME-TOI !!
OH LÀ LÀ...
HANA ...
EST MA...
JE PLAISAN-TAIS, TOUT À L'HEURE... TOUT VA BIEN !!
AH !
PARCE QUE...
NON, TU TE TROMPES !!
PARCE QUE...
JE SUIS TA QUOI ?

?!!
OUPS ...
HANA ?!
QU'EST-CE QUE TU FAIS LÀ ?!
ON TE CROYAIT DÉJÀ COUCHÉE...
J'AVAIS ENVIE DE BOIRE UN PETIT THÉ AVANT D'ALLER DORMIR ...
ALORS JE SUIS DESCENDUE...
ET VOUS ?
QU'EST-CE QUE VOUS FABRIQUEZ...
DEVANT MA PORTE ?
EUH... RIEN DE SPÉCIAL !
HOP !
KÔJIRÔ RESTE UN GARÇON !
SOUS SES AIRS DE GENTLEMAN...
MÉFIE-TOI...

?!!!
QUOI ?!
AYA ?!!
MAIS QU'EST-CE QU...
IL BUVAIT DU THÉ AVEC MOI !
EH OUI ...
ALLEZ, BONNE NUIT LES GARÇONS !
BONNE NUIT...
...
AYA...
TU NE LUI AS RIEN FAIT, HEIN ?!
MAIS NON, VOYONS...
JE L'AI CROISÉE EN REVENANT DES TOILETTES, ET ELLE M'A PROPOSÉ DU THÉ, C'EST TOUT !

BON... ...
DANS CE CAS ...
ÇA IRA POUR CETTE FOIS... MAIS JE T'AI À L'ŒIL !
PFF...
HANA AVAIT L'AIR COMME D'HABITUDE...
JE N'AI DONC PAS DE RAISON DE M'INQUIÉTER POUR L'INSTANT !
BONNE NUIT !
HA HA HA.. TU AS EU CHAUD, JIRÔ !
TU ÉTAIS AU BORD DES LARMES, PAS VRAI ?
JE NE VOIS PAS DE QUOI TU PARLES !
...

...
FSH
C'EST QUAND MÊME BIZARRE...
CRAC
CRAC
CRAC
CRAC
HMM ...
APPAREMMENT, ELLE N'EST PAS DANS SA CHAMBRE !
LA TÉLÉ EST ALLUMÉE...
EXCUSE-MOI, KÔJIRÔ...
FSH
MAIS JE NE PEUX PAS RESTER LES BRAS CROISÉS !
CETTE FILLE...

M'INTRIGUE...
ET J'AI ENVIE D'EN SAVOIR PLUS !
TIENS ...
AYATO ?
VSH
QU'EST-CE QUI T'AMÈNE ?
TU N'ARRIVES PAS À DORMIR ?
NORMAL, C'EST PLUS DUR DE TROUVER LE SOMMEIL QUAND ON N'EST PAS CHEZ SOI...
HÉHÉ...

QU'EST-CE QUI SE PASSE ? JE SUIS POURTANT INVISIBLE, LÀ !
JE SAIS...
TU VEUX PEUT-ÊTRE REPRENDRE DU THÉ ?
...
ELLE NE DEVRAIT PAS POUVOIR ME VOIR !
...
PFF...
OUI, S'IL TE PLAÎT !
...

CETTE FILLE...
C'EST LA CIBLE DU PRINCE DES DÉMONS...
J'IMAGINE QU'ELLE DOIT ÊTRE SPÉCIALE !
MAIS...
"VOILÀ !"
"AH..."
"MERCI..."
FFF
FFF
"EUH..."
"TU VEUX ME DEMANDER QUELQUE CHOSE ?"
"EXCUSE-MOI..."
"JE ME DISAIS QUE LE THÉ ÉTAIT PEUT-ÊTRE TROP CHAUD..."
"NON ÇA VA, NE T'INQUIÈTE PAS !"

"AH BON ?"
"TANT MIEUX !"
MON MEILLEUR AMI...
NE ME VOIT PLUS...
ALORS QU'UNE PARFAITE INCONNUE ...
Y ARRIVE SANS PRO-BLÈME !

とた
TAP
HMM...
FRSH
ふら
AH !
COUCOU !
TAP
とた
ÇA VA ?
TU AS BIEN DORMI ?
FUIT
J'ESPÈRE QUE TU N'AS PAS EU TROP FROID...
DÉSOLÉE POUR LES COURANTS D'AIR, MAIS LA MAISON DATE UN PEU...
HMM...
POF

TAP
TAP
AAAH... J'AI MAL...
ENCORE PARDON ...
VU TA CARRURE, TU AURAIS PU ÉVITER DE M'ÉCRASER LE VENTRE EN DORMANT...
BAM
GH..
ZZZ
ÉLOIGNE-TOI DE MOI, ESPÉCE DE BRUTE !
DÉSOLÉ, MAIS J'AI LE SOMMEIL AGITÉ !
AH... AU FAIT...
POF

?!!!
COMME TU ES PETITE, JE T'AI CONFONDUE AVEC KÔJIRÔ...
EX-CUSE-MOI !
JE NE SUIS PAS PETIT !
DU CALME !
EUH.
CE N'EST PAS GRAVE...
DÉSOLÉ ...
HANA !
QU'EST-CE QUE VOUS FABRIQUEZ, VOUS DEUX ?!
À PEINE LEVÉS, EN PLUS !
EUH ...
C'EST AYATO QUI...
TIENS ?
IL Y A DEUX KÔJIRÔ ?
IL N'A PAS L'AIR BIEN RÉVEILLÉ, CELUI-LÀ !
HEIN ?

C...
C'EST RIEN...
!
BON SANG...
QUAND VA-T-IL ENFIN ARRÊTER DE JOUER LES POTS DE COLLE ?
AH...
...
ÇA VA, TOI ?
TU ES TOUTE ROUGE...
HEIN ?!
MAIS NON !
JE...
JE VAIS TRÈS BIEN, MERCI !
...
FUIT
FUIT
FUIT
...
COMME QUOI ...
ÇA T'ARRIVE AUSSI DE RÉAGIR COMME UNE FILLE, PARFOIS !
MAIS...
TU ME PRENDS POUR QUI, À LA FIN ?!

HANA EST MA...
AU FAIT...
OUI ?
AU FINAL...
JE SUIS QUOI, POUR TOI ?
HEIN ?
TU NE TE SOU-VIENS PAS...
DE CE QUE TU AS CRIÉ HIER DEVANT MA CHAMBRE ?
HIER ?
...
PARCE QUE...
PARCE QUE...
HANA EST MA...
!!
ELLE PARLE DE ÇA !!
ÉCLAIR DE GÉNIE ...
OUPS...

HANA EST MA CIBLE...
HEUREUSEMENT QUE JE N'AI PAS TERMINÉ MA PHRASE !!
FUIT
NON, ÇA NE ME DIT RIEN...
DÉSOLÉ !
QUOI ?
ÇA NE DEVAIT PAS ÊTRE IMPORTANT !
BIZARRE... DU COUP, ÇA M'INTRIGUE ENCORE PLUS !
JE SUIS SÛRE QUE TU TE RAPPELLES TRÈS BIEN !
AVOUE !
MAIS NON ! QU'EST-CE QUE TU VAS ENCORE T'IMAGINER ?
...
ON DIRAIT UN VIEUX COUPLE...
HA HA...
TU N'AS PAS TORT...
ILS NE S'EN RENDENT ABSOLUMENT PAS COMPTE...
...
JUSQUE-LÀ, SEUL KÔJIRÔ M'INTÉRESSAIT...
MAIS...
J'IGNORE...
POURQUOI...

MAINTENANT...
C'EST AU TOUR DE CETTE FILLE...
JE NE VOIS PLUS QU'ELLE !
AYATO !
C'EST DÉCIDÉ !
EST-CE QUE...
JE PEUX HABITER ICI ?
AU PETIT-DÉJEUNER...
PARDON ?
ÇA SUFFIT !
BAM

DÉCIDÉMENT...
RIEN NE VAUT UN BON CHOCOLAT CHAUD, LES JOURS DE REPOS !
C'EST PARFAIT !
LES VACANCES, C'EST PAS POUR TOUT DE SUITE...
GRR...
ENFIN JE VOUS TROUVE !
HAN
HAN
AH OUI ?
QUEL ÉTOURDI JE FAIS...
TU ES BIEN MATINAL, ROBIN... QU'EST-CE QUI SE PASSE ?
TU SAIS POURTANT QUE JE NE SUIS PAS TRÈS EFFICACE, LE MATIN...
J'AI DÛ ME DÉPÊCHER...
UN CLIENT EST VENU NOUS CONSULTER POUR UNE AFFAIRE URGENTE !
PFF...
ET POUR RAPPEL...
VOUS COURIR APRÈS NE FAIT PAS PARTIE DE MES ATTRIBUTIONS !
UN CLIENT ?
TAP

BONJOUR, MAJESTÉ, ÇA FAISAIT LONGTEMPS...
OH...
JE VOIS...
C'EST DONC TOI, LE FAMEUX CLIENT !
BIEN...
ASSIEDS-TOI ET PRENDS LE TEMPS DE SOUFFLER UN PEU...
TU VEUX BOIRE QUELQUE CHOSE ?
MERCI...
JE VAIS PRENDRE UN CAFÉ AU LAIT...
ENTENDU !
MADEMOISELLE, UN CAFÉ AU LAIT, JE VOUS PRIE !
EXCUSEZ-MOI, MAIS... CE N'ÉTAIT PAS URGENT ?
CHAPITRE 23 ON SONNE À LA PORTE

PFF... JE SUIS CREVÉ...
MES BATTERIES SONT COMPLÈTEMENT À PLAT...
IL S'EN EST PASSÉ DES CHOSES, CES DERNIERS JOURS !
PFF... !
TU HABITES BIEN ICI, TOI !
J'AI DÛ UTILISER TOUTE MON ÉNERGIE POUR CONVAINCRE AYATO DE RENTRER...
POURQUOI ?
EUH... EUH...
CE N'EST PAS UNE RAISON !
JE SUIS VIDÉ !
BAM
FAITES QU'IL RESTE LÀ-BAS...
TAP
TAP
TAP
JIRÔ !!

TON AMI D'ENFANCE EST REVENU, IL PARAÎT...
ALORS, RACONTE !
BROOM
HEIN ?!
ET IL A DORMI CHEZ HANA, QUI PLUS EST ! TROIS GARÇONS CHEZ UNE FILLE, IL PEUT S'EN PASSER, DES CHOSES...
QUE VAS-TU DIRE POUR TA DÉFENSE ?
NE T'IN-QUIÈTE PAS, ON S'OCCU-PERA DU CAS D'ISSA JUSTE APRÈS !
MAIS ...
COMMENT VOUS ÊTES AU COU-RANT ?
...
HANA ?
DOM
ILS N'ONT PAS BESOIN DE MOTS...
DÉSOLÉE, JE N'AI PAS SU TENIR MA LANGUE...
FRSH
FAIS UN PEU ATTENTION, ENFIN !
JE PENSE QUE TU LE SAIS DÉJÀ, MAIS HANA N'EST PAS SEULEMENT NAÏVE, ELLE EST AUSSI COMPLÈTEMENT À L'OUEST !
FRSH
UNE VRAIE CATASTROPHE AMBULANTE...
FRSH
OUI, C'EST VRAI...
?
SALUT, MON POTE !!
POF
GH...
BAM
CLING
CLING
BAM
QU'EST-CE QUE VOUS RACONTEZ DE BEAU ?
QUAND ON PARLE DU LOUP...
ON EN VOIT LA QUEUE !
ET TOI ALORS ? C'EST QUOI CES FANFRE-LUCHES ?
FRSH
TU VEUX PARLER DE ÇA ?

JE REGARDAIS LES AUTRES DÉCORER LES ARBRES DANS LA COUR...
ET COMME IL LEUR RESTAIT DES GUIRLANDES, ILS ONT DÉCIDÉ DE ME FAIRE LA MÊME CHOSE !
IL Y A UNE RÉCEPTION DE PRÉVUE ?
BIZARRE, LA CLASSE AUSSI EST DÉCORÉE...
QU'EST-CE QUE C'EST QUE CES TRUCS ?
QUOI ?!
VOUS L'IGNOREZ ?!
POF
!
SALUT !
ET JOYEUX NOËL !
COMME VOUS N'AVEZ RIEN À FAIRE, VOUS ALLEZ POUVOIR ME DONNER UN COUP DE MAIN !
CADEAU !
HEIN ?
NOËL ?
ISSA, TU VAS DÉCOUPER CE PAPIER !
EUH... OK !
AU FAIT, YOSHINO...
ÇA ME REVIENT... C'EST UNE DES FÊTES DU MONDE DES HUMAINS !
TU ES SÛR QUE TU AS ENCORE BESOIN DE NOUS ?
TU DEMANDES À TOUT LE MONDE DE T'AIDER, MAIS ON VA SE RETROUVER AVEC TROIS KILOS DE DÉCORATIONS !
EH BIEN, EN FAIT...
ÇA NE NOUS DÉRANGE PAS, MAIS BON...
FSH

CETTE ANNÉE, JE SUIS CHARGÉ DE LA DÉCO DE LA MAISON DE RETRAITE, DE LA CRÈCHE...
ET...
DE L'ÉQUIPE DE BASE-BALL DE MON PETIT FRÈRE !
DÉSOLÉ...
QUOI ?!
ILS NE SONT PAS CAPABLES DE SE DÉBROUILLER TOUT SEULS ?
TU TE FAIS EXPLOITER !
JE N'AI RIEN COMPRIS, MAIS EN TOUT CAS ILS ONT L'AIR DE BIEN S'AMUSER...
OUI, MAIS COMME ÇA JE NE SERAI PAS OBLIGÉ DE ME DÉGUISER EN PÈRE NOËL POUR LE QUARTIER COMMERÇANT !
PÈRE NOËL DE LA RUE COMMERÇANTE
HO HO HO !
BIENVENUE !
T'AS VU, C'EST SHÔTA !
DES BONBONS, S'IL TE PLAÎT !
TIENS...
BIZARRE...
HANA...
RESTE DANS SON COIN, AUJOURD'HUI !
?
D'HABITUDE, ELLE TRAÎNE TOUJOURS AVEC LES AUTRES...
BAH...
ÇA NE ME REGARDE PAS !

C'EST QUOI, TOUT CE BAZAR ?
TCHAC
BAM
FRSH
EH BEN...
EST-CE QUE...
ÇA AURAIT UN RAPPORT AVEC NOËL ?
POF
FRSH
OH...
TU TOMBES BIEN ! EST-CE QUE TU PEUX M'AIDER À RANGER ?
FRSH
OK...
JE VAIS ESSAYER...
PLUS FACILE À DIRE ...
QU'À FAIRE !

JIRÔ ?
QU'EST-CE QUE TU ES EN TRAIN DE RE-GARDER ?
POF
RIEN DE SPÉCIAL ...
JUSTE ÇA !
FRSH
FRSH
AH !
UN ALBUM PHOTO !
C'EST RIGOLO, ON ÉTAIT TOUT PETITS À L'ÉPOQUE...
LÀ, C'EST IZUMI ET WAKA...
JE VOIS...
TIENS ?!
CETTE FEMME...

HANA...
CE SONT TES PARENTS ?
HEIN ?
SUR CETTE PHOTO !
!
SON VISAGE ME DIT QUELQUE CHOSE !
AH...
BOBOM
BIZARRE...

とん BAM
ÇA ALORS !
JE L'AVAIS PRESQUE OUBLIÉE, CELLE-LÀ !
!
ELLE ÉTAIT DONC RANGÉE ICI ...
COMMENT TU AS DEVINÉ QUI C'ÉTAIT ?
TOI...
ET CETTE FEMME !
FASTOCHE !
VOUS VOUS RESSEMBLEZ BEAUCOUP ...
...
AH BON...

C'EST MOI...
...
OU ELLE N'EST PAS COMME D'HABITUDE ?
FLAP
TIENS ?
C'EST LA DERNIÈRE PHOTO ?
OUI...
FLAP
APRÈS CE JOUR-LÀ, ON N'A PLUS TROP EU L'OCCASION D'EN FAIRE !
CE JOUR-LÀ ?
TAP
TAP
TAP
BAM
AU BOULOT, VOUS DEUX ! LA PAUSE EST FINIE !
AAH !
BAM
D'ACCORD !
PARDON !!
AU FAIT, JIRÔ...
LES ENFANTS T'ATTENDENT DANS L'ENTRÉE !
QUI, MOI ?

HOP !
SALUT, JIRÔ !
JOYEUSE VEILLE DU RÉVEILLON DE NOËL !
ON EST LE 23 DÉCEMBRE...
YEP !
SALUT !
ON EST LÀ...
POUR TE CONFIER UNE MISSION DE LA PLUS HAUTE IMPORTANCE !
TADAM
TU PEUX NOUS REMERCIER !
POF
DE QUOI TU PARLES ?!
VOYONS, IL N'Y A PAS TRENTE-SIX MILLE CHOSES À FAIRE EN CE MOMENT...
HA HA HA !
TOUJOURS À CÔTÉ DE LA PLAQUE, CELUI-LÀ !
BON SANG...
PFF...
AH...
VOUS NE POURRIEZ PAS ALLER DROIT AU BUT, POUR UNE FOIS ?
VOUS N'AVEZ PAS CHANGÉ !
OUI, OUI, TIENS...
BAM
VOILÀ TON ÉQUIPEMENT !
?!

QU'EST-CE QUE C'EST ?
FRSH
OUVRE LES YEUX...
C'EST UN COSTUME DE PÈRE NOËL, PARDI !
UN QUOI ?
POUR RÉSUMER, ON EN AVAIT MARRE DE VOIR LES MÊMES VIEUX POURRIS REVENIR SE DÉGUISER TOUS LES ANS...
C'EST VRAI !
SANS OUBLIER QUE LES PÈRES NOËL PLUS JEUNES ONT LA COTE...
ILS BOIVENT COMME DES TROUS ET ILS PUENT !
...
ET ?
BEN...
TOUJOURS AUSSI LONG À LA DÉTENTE...
TU AS L'IMMENSE HONNEUR D'INCARNER LE PÈRE NOËL CETTE ANNÉE !
YOSHINO
LES ENFANTS
JIRÔ ?
QUOI ?
RUE COMMERÇANTE
BIENVENUE !
LE MONSIEUR, LÀ, C'EST TOI !
ET POURQUOI JE DEVRAIS VOUS RENDRE CE SERVICE ?!
BAH, ON A ESSAYÉ D'ÊTRE ENGAGÉS, MAIS IL FALLAIT AU MOINS ÊTRE EN ÂGE D'ALLER AU LYCÉE...
IMPOSSIBLE, VOUS ÊTES TROP JEUNES !
OH NON !
ET COMME TOUS CEUX À QUI ON A DEMANDÉ ONT REFUSÉ PARCE QU'ILS AVAIENT DÉJÀ UN TRUC DE PRÉVU...
ON S'EST DIT QUE TOI, TU SERAIS LIBRE !
AU FAIT, TU ES BIEN DISPO ?
VOUS ALORS, VOUS ÊTES GONFLÉS !
BEN...

ILS NE FÊTENT JAMAIS NOËL, CHEZ HANA...
C'EST POUR ÇA...
DOMMAGE...
PARCE QUE J'AIMERAIS BIEN QU'ELLE VIENNE LE PASSER À LA MAISON !
BLA BLA
TU PLAISANTES ? SA GRAND-MÈRE TE FOUT TROP LA PÉTOCHE POUR ÇA !
BLA BLA
PAS DU TOUT, C'EST JUSTE QUE JE NE L'AIME PAS BEAUCOUP...
BLA
MAIS ON POURRAIT DEMANDER À HANA DE VENIR SANS ELLE ?
AH...
HA HA HA... ELLE N'ACCEPTERAIT JAMAIS !
JE COMPRENDS MIEUX POURQUOI...
ELLE EST RESTÉE DANS SON COIN, AUJOURD'HUI !
J'AVAIS L'IMPRESSION QU'ELLE AIMAIT CE GENRE D'ÉVÉNEMENTS, POURTANT...
SOUVENIR DE LA FÊTE DU LYCÉE !
ENFIN VOILÀ...
HMM...
MERCI D'AVANCE, PAPA NOËL !
AAAH !
MAIS... ATTENDEZ !!
TAP TAP
TCHAO !
TAP
JOYEUSES FÊTES !!
TAP
YOUPII !!
À LA PROCHAINE !
TAP
TAP

PFIOU...
TAP
TAP
TAP
ILS N'EN FONT VRAIMENT QU'À LEUR TÊTE, CES GAMINS...
ILS N'ÉCOUTENT JAMAIS CE QU'ON A À LEUR DIRE !
AAH...
ILS FONT DE L'EXCELLENT TRAVAIL !
ILS PORTENT BIEN LEUR SURNOM DE PETITS DÉMONS AU VISAGE D'ANGE !
FUIT
HÉ HÉ...
UN DÉMON (UN VRAI) MANIPULÉ PAR DES ENFANTS...
...
SI JE COMPRENDS BIEN...
POUR TOI, JE SUIS TOMBÉ SI BAS QUE CES MIOCHES ME SURPASSENT HAUT LA MAIN ?
TAP
TAP
TAP
TAP
NON ...
SEULEMENT ...
SI TU CONTINUES À TERGIVERSER...
D'ICI PEU...
TU RISQUES DE RECEVOIR DE LA VISITE !
C'EST ...
TOUT !

ILS T'ONT DEMANDÉ D'ÊTRE LE PÈRE NOËL ?
ILS TE FONT VRAIMENT CONFIANCE !
ALORS ? TU AS ACCEPTÉ ?
BIEN SÛR QUE NON !!
HA HA...
NE T'INQUIÈTE PAS...
J'EN PARLERAI À SHÔTA TOUT À L'HEURE !
QU'EST-CE QU'IL A DE SI SPÉCIAL, CE BONHOMME ?
PFF...
ふ
...
LE RÉVEILLON APPROCHE À GRANDS PAS !
COMMENT ALLEZ-VOUS LE PASSER ?
DIS, JIRÔ...
OUI ?
11
12
À NOËL... TOI...

TU FAIS QUELQUE CHOSE...
DE PARTICULIER ?
TU SORS ?
MOI ?
NON, RIEN DE SPÉCIAL...
C'EST SURTOUT QUE...
J'IGNORE EN QUOI CONSISTE CETTE TRADITION !
C'EST VRAI ?
DONC ...
TU AS L'INTENTION DE RESTER ICI ?
EUH...
POF
HEIN ?
OUI ...
JE CROIS ...
OUF...
TANT...
MIEUX !

QUELLE MOUCHE L'A PIQUÉE ?
BON… C'EST PAS TOUT ÇA, MAIS ON A ENCORE DU PAIN SUR LA PLANCHE !
OUAIS… TU M'ÉTONNES !
LE JOUR DE NOËL…
QUOI ?!
TU ES MALADE ?!
EH OUI… J'AI DE LA FIÈVRE ET DES VERTIGES…
KOF KOF
C'EST VRAIMENT PAS DE CHANCE !
KOF KOF
JE COMPTE SUR TOI POUR ME REMPLACER !
MAIS…
ATTENDS ! JE…
KOF KOF
MON FRÈRE ET LES AUTRES VONT VENIR TE CHERCHER !
YOSHINO !!
NE RACCROCHE PAS !
CLIC
TUT
…
TUT
TUT

RIEN NE M'OBLIGE À ACCEPTER ...
C'EST VRAI...
MAIS...
CLAC
QUELQUE CHOSE ME DIT QUE JE N'AI PAS TROP LE CHOIX !
AH...
JIRÔ !
TU SORS ?
OUI...
TU AS EN-TENDU ?
YOSHINO M'A LÂ-CHÉ...
ENFIN, TANT PIS...
JE VAIS AU MOINS ALLER VOIR EN QUOI ÇA CONSISTE !
AH, CES GAMINS...
HORS DE QUESTION !
HEIN ?

POF
TU M'AVAIS PROMIS...
QUE...
TU RESTERAIS À LA MAISON AUJOURD'HUI, JE TE SIGNALE !
TU AS DIT...
QUE TU SERAIS LÀ...
TOUTE LA JOUR-NÉE...

ALORS, NE T'EN VA PAS !
HANA ?
SI TU SORS...
JE SUIS SÛRE...
QUE JE NE TE REVERRAI PLUS !

QUOI ?
MAIS... QU'EST-CE QUI TE PREND ?
JE FAIS JUSTE...
UN TOUR CHEZ YOSHINO...
ET JE RENTRE !
NON...
PAS AUJOURD'HUI !
TU NE BOUGERAS PAS D'ICI !
JE SUIS CERTAINE ...
QU'IL VA VENIR...

ET QU'IL VA T'EMMENER...
TOI AUSSI !
MAIS...
DE QUOI ELLE PARLE ?
QU'EST-CE QUE ÇA VEUT DIRE ?
JE NE COMPRENDS RIEN !
EN TOUT CAS...
UNE CHOSE EST SÛRE...
ELLE N'EST PAS DANS SON ÉTAT NORMAL !
DÉSOLÉE...

EN FAIT...
TOUT EST DE MA FAUTE !
SA VENUE...
ET...
L'ACCIDENT DE MES PARENTS !
OUI...
TOUT ÇA, C'EST À CAUSE DE MOI !

QUOI ?
ET POURTANT ...
ALORS JIRÔ...
MOI, IL N'A PAS VOULU ME PRENDRE AVEC LUI !
BOBOM
NE T'EN VA PAS !

BOBOM
…
BOBOM
HANA ?
BOBOM
DING DONG
DING DONG
AH !
LES GAMINS TOMBENT VRAIMENT MAL !
UNE MINUTE !
J'ARRIVE !
DING DONG
SI VOUS POUVIEZ REPASSER PLUS TARD, CE SE...
CLAC

HEIN ?
QUI C'EST, CELUI-LÀ ?
BONJOUR !

JE T'AI ENFIN TROUVÉ ...
?!
C'EST QUOI...
CETTE HISTOIRE ?
MAIS ...
QUI ES-TU ?
LE TEMPS ...
EST VENU ! ...
ALTESSE !

TU DOIS ...
ME SUIVRE !
?!

Crimson Prince

LE TEMPS EST VENU, ALTESSE !
C'EST QUI, CE TYPE ? QU'EST-CE QUI SE PASSE ?
TU DOIS ME SUIVRE !
CHAPITRE 24 UNE PERSONNE IRREMPLAÇABLE

SA TENUE EST BIZARRE...
ET LE PLUS ÉTRANGE...
C'EST QU'IL M'A APPELÉ "ALTESSE" !
IL VIENDRAIT DU MONDE DES DÉMONS ?
AH...
!
C'EST LUI !
HA...
HANA ?
"PAPA..."
"MAMAN..."

"POUR-QUOI ?"
"POUR-QUOI ?"
!

VSH
HA...
LAISSEZ-LE TRAN-QUILLE !
...
C'EST DANGEREUX, TU SAIS...

FSH
DE SE FROTTER À MOI !
SI TU TENTES QUOI QUE CE SOIT ...
JE N'HÉSITERAI PAS À TE VOLER TON ÂME !
ALORS MÉFIE-TOI !
?!
LUI VOLER...
SON ÂME ?!

QU'EST-CE QU'IL RACONTE ?!
QU'EST-CE QUE ... VOUS FAITES LÀ ?
J'AI...
TENU MA PROMESSE !
ALORS ...
JE NE COMPRENDS PAS POURQUOI...
VOUS ÊTES REVENU !
HANA ?
C'EST SÛREMENT DE LUI...
IL VA VENIR...
QU'ELLE PARLAIT...

TOUT À L'HEURE !
VOUS N'ALLEZ PAS...
EMMENER JIRÔ, N'EST-CE PAS ?
TAP
!
JE REFUSE !
IL N'A RIEN À VOIR AVEC CETTE HISTOIRE !
JE VOUS DEMANDE DE PARTIR !
HANA ?!
LAISSEZ-NOUS, JE VOUS EN SUPPLIE...
...
MAUVAISE IDÉE !
NE T'AVISE SURTOUT PAS...

FSH
DE ME TOUCHER !
?!!
NON !
TAP
ARRÊTE !!
!
SHLAC
JIRÔ...

TSS ...
CETTE LAME EST TRÈS COUPANTE...
TU DEVRAIS LA MANIPULER AVEC PLUS DE PRÉCAUTIONS !

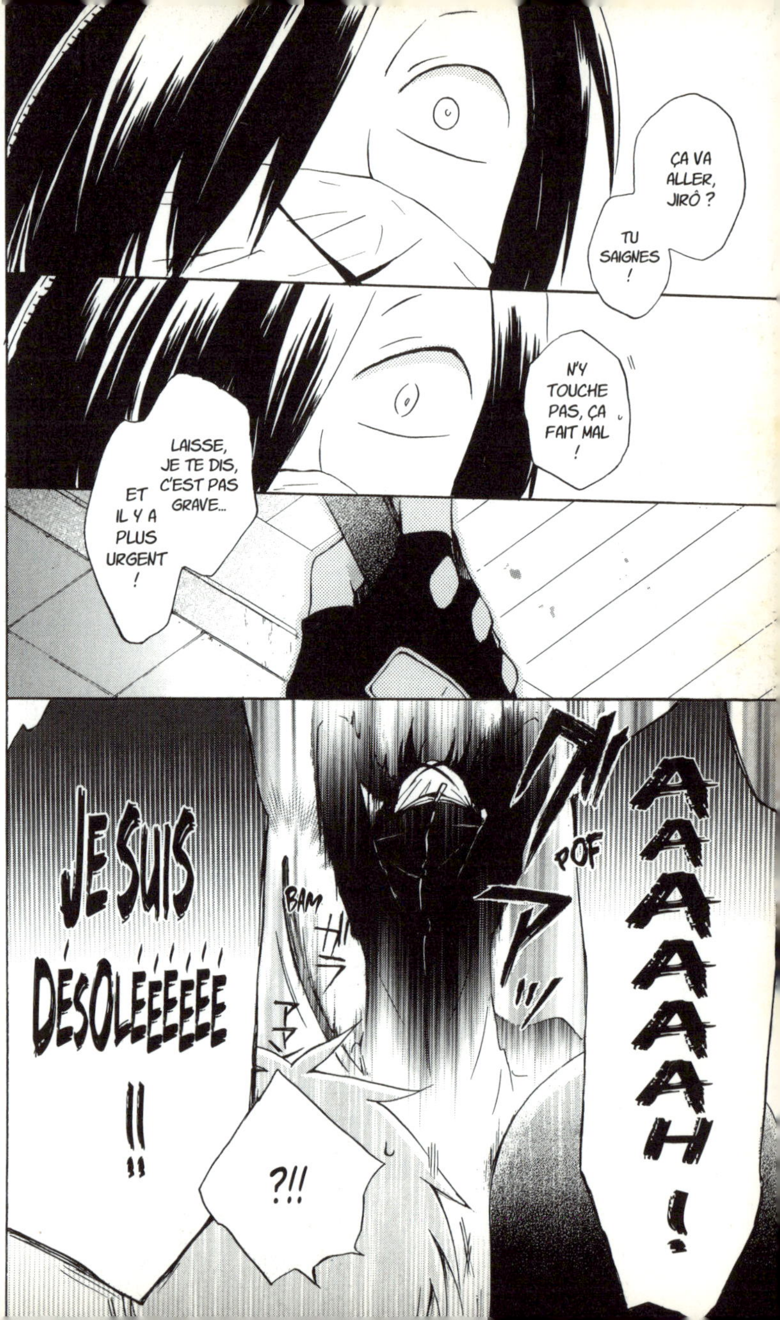
ÇA VA ALLER, JIRÔ ?
TU SAIGNES !
N'Y TOUCHE PAS, ÇA FAIT MAL !
LAISSE, JE TE DIS, C'EST PAS GRAVE...
ET IL Y A PLUS URGENT !
AAAAAAH !
POF
BAM
JE SUIS DÉSOLÉÉÉÉÉÉ !!
?!!

BRR
PARDON, JE SUIS VRAIMENT CONFUS...
JE NE VOULAIS PAS !
BRR
HEIN ?
C'ÉTAIT JUSTE POUR T'EFFRAYER UN PEU, JE N'AVAIS PAS L'INTENTION DE TE BLESSER !
BRR
JE NE M'ATTENDAIS PAS À CE QUE TU T'AVANCES...
DU COUP, J'AI PANIQUÉ ET J'AI RÉAGI INSTINCTIVE-MENT !
BRR
ATTENDS UN PEU...
APRÈS, C'EST VRAI, ÇA RESTE UNE EXCUSE, ET TOUT EST DE MA FAUTE... EUH... AHEM...
AH !
FRSH
ÉLOIGNE-TOI DE MOI... S'IL TE PLAÎT...
TAP
QUOI ?
DU SANG...
DU SANG...
J'Y COM-PRENDS RIEN...
EUH ...
DU SANG ...
TAP
SOIS PLUS CLAIR !!
POF
AAAAAH !
GH...
DU SANG ...
QU'EST-CE QU...
TSS ...
BON, TANT PIS !

MEIJI...
?!
FSH
AH !
L'HUMAINE D'ABORD !
TCHAC
TSS ... C'EST VRAI !
BANG

...
BLOP
HEIN ?
HA...
TAP
HANA ?!
MAIS ...
POUR-QUOI ?
ON N'AVAIT PAS LE CHOIX ...
HANA NE DOIT PAS ENTENDRE CE QUI VA SUIVRE...
ALORS ELLE VA FAIRE UN PETIT SOMME !

AH...
ZZZ
ELLE EST SIMPLEMENT ENDORMIE ?
ZZZ
ENFIN ...
SI L'AUTRE PASSE L'ARME À GAUCHE, ÇA N'AURA SERVI À RIEN, MAIS BON...
FSH
TADAM
IMBÉCILE !
JE T'AI POURTANT APPRIS À NE PAS PARLER À TORT ET À TRAVERS DEVANT LES HUMAINS !
JE SUIS VRAIMENT DÉSOLÉ...

OH LÀ LÀ...
CE N'EST PAS MON JOUR...
C'EST TOUJOURS PAREIL AVEC TOI : TU NE FINIS JAMAIS CE QUE TU COMMEN-CES !
SI TU TE LA JOUES CLASSE...
IL FAUT Y ALLER À FOND JUSQU'AU BOUT !
PARDON...
J'AI CRU QUE J'ALLAIS Y ARRIVER, CETTE FOIS...
IL Y A DU PROGRÈS, EN TOUT CAS ! TU AS PLUS CONFIANCE EN TOI QU'AVANT...
AH !
NON, EN FAIT, C'EST QUE...
...
JE NE PIGE RIEN À CE QU'ILS RA-CONTENT !
C'EST QUI, CE TYPE ?
ALORS ...
QU'EST-CE QUI T'AMÈNE ? TU N'AS PAS DE MISSION EN COURS...
MONSIEUR LE SHINI-GAMI ?
MAIS...
TU TE MOQUES DE MOI ?! C'EST LA PREMIÈRE CHOSE QUE J'AI DITE EN ARRIVANT !
JE SUIS VENU TE CHERCHER ...
UN SHINIGAMI ?
GEE !

QUOI ?!
CHERCHER GEE ?!
COMMENT ÇA ?!
AH !
AAH... DÉSOLÉ !
CE N'EST PAS BIENTÔT FINI, VOUS DEUX ?!
EUH...
SI JE COMPRENDS BIEN...
VOUS ÊTES DES SHINIGAMI...
OUI !
CHEF
ET VOUS AVEZ TRAVAILLÉ ENSEMBLE AUTREFOIS ?
C'EST ÇA !
SUBORDONNÉ
J'IGNORAIS QUE... TU EN ÉTAIS UN !
D'AILLEURS, JE NE SAIS PAS GRAND-CHOSE DE TOI...
HÉ HÉ...
EFFECTIVEMENT...
MAIS POUR L'INSTANT...

ON A D'AUTRES CHATS À FOUETTER, ALORS OUBLIE UN PEU MON CURRICULUM !
QUOI ?
AH...
TU N'AS VRAIMENT PAS ÉTÉ SYMPA, TOUT À L'HEURE, GEE !
TU SAVAIS TRÈS BIEN QUE JE M'ADRESSAIS À TOI, MAIS TU AS FAIT SEMBLANT DE NE PAS COMPRENDRE...
JE T'AI ENFIN TROUVÉ...
?
TU DOIS ME SUIVRE !
LA FAUTE À QUI SI J'AI L'AIR LOUCHE, APRÈS ÇA, HEIN ?!
ALORS ?!
DE TOUTE FAÇON, TU AS TOUJOURS L'AIR LOUCHE...
ÇA VA ALLER...
POF
MERCI, ÇA FAIT PLAISIR !!
FRSH
HMM ...
AH !
!
AH !
ZUT...
JE L'AI RÉVEILLÉE ?!
...
ZZZ
...
FAUSSE ALERTE, ELLE A L'AIR DE DORMIR PROFONDÉMENT !
C'EST VRAI ? TANT MIEUX ...
TOUT VA BIEN, ALORS !
OUF...

BRR
ET SI (JE DIS BIEN "SI") ELLE NE SE RÉVEILLAIT PLUS...
EUH...
À CAUSE DE MON MANQUE DE CONTRÔLE...
OU SI JAMAIS JE LUI AVAIS VOLÉ TOUTE SA MÉMOIRE PAR ERREUR...
GH...
NON...
ÇA NE VA PAS DU TOUT !
HEIN ?
CATASTROPHE ! JE SUIS FINIIII !!
AAAAAAAAAAH !
QU'EST-CE QUI LUI PREND ?!
PARDOOOON !
TAP
NOOOON !
C'EST NORMAL ?!
NE T'INQUIÈTE PAS... C'EST MOI QUI L'AI RENDUE INCONSCIENTE, J'AI DONC RECTIFIÉ LE TIR !
JE NE PARLAIS PAS DE ÇA !
IL VOIT TOUJOURS LA VIE EN NOIR, CE N'EST PAS GRAVE...
AAAH ! AAH !
TU ES SÛR ?
AAH ! AAH !
TU PARLES D'UN SHINIGAMI !
PFF...

MAIS AU FAIT...
IL VA VENIR...
QU'EST-CE QUE VOUS FAITES LÀ ?
JE VOUS DEMANDE DE PARTIR !
J'AI...
...
TENU MA PROMESSE !
DIS-MOI, MEIJI...
OUI ?
HANA AVAIT L'AIR DE TE CONNAÎTRE...
TU L'AS DÉJÀ REN-CONTRÉE ?
DE QUELLE PROMESSE ELLE PAR-LAIT ?
NORMALEMENT, LES HUMAINS NE CROISENT LE CHEMIN D'UN SHINIGAMI...
QU'AU MOMENT DE LEUR MORT !
DONC...

"L'ACCIDENT DE MES PARENTS !"
À TOUS LES COUPS, C'EST CE JOUR-LÀ QUE HANA...
QU'EST-CE QUE VOUS FAITES LÀ ?
JE VOUS DEMANDE DE PARTIR !
...
SI TU VEUX TOUT SAVOIR...
JE N'EN AI AUCUN SOUVENIR ...
?!
FLAP
ET ELLE NE FIGURE PAS...
DANS LE REGISTRE DES PERSONNES DONT JE ME SUIS OCCUPÉ !
PEUT-ÊTRE, MAIS ÉTANT DONNÉ CE QUI S'EST PASSÉ TOUT À L'HEURE ...
FLAP
OUI, C'EST BIZARRE !
FLAP
NON SEULEMENT IL SEMBLERAIT QUE...
CETTE FILLE M'AIT DÉJÀ VU...
MAIS EN PLUS...
FLAP

CETTE RENCONTRE EST GRAVÉE DANS SA MÉMOIRE !
ÇA AURAIT UN RAPPORT AVEC L'ACCIDENT DE SES PARENTS ?
ALORS...
"TOUT EST DE MA FAUTE !"
"ET POURTANT, MOI, IL N'A PAS VOULU ME PREN-DRE AVEC LUI !"
QU'EST-CE QU'ELLE VOULAIT DIRE ?
...
...
D... DÉSOLÉ...
ÇA NE M'ÉVOQUE VRAIMENT RIEN !
UN MIROIR DES ENFERS ME PERMETTRAIT D'EN SAVOIR DAVANTAGE, MAIS...
UN QUOI ?
MEIJI !

FRSH
JE T'AI DÉJÀ DIT DE TENIR TA LANGUE !
COMBIEN DE FOIS IL VA ENCORE FALLOIR QUE JE TE LE RÉPÈTE ?
?!
AH...
EXCUSE-MOI... JE NE L'AI PAS FAIT EXPRÈS !!
POF
ATTENDS !! JE VEUX EN APPRENDRE UN PEU PLUS...
HEIN ?
SUR CE MIROIR !
AH...
GH...
ZIP
J... JE SUIS DÉSOLÉ... OUBLIE TOUT CE DONT JE VIENS DE PARLER... OUBLIE-MOI TOUT COURT, MÊME !
PARDON !
FSH
PARDON !
C'EST BON...
ÇA VA, J'AI COMPRIS !!
OUVRE-MOI CETTE FERMETURE ÉCLAIR !
OUF...
BON SANG...
ZIP
C'EST POUR ÇA QUE TU ENCHAÎNES LES PETITS BOULOTS !
LAMENTABLE...
LES PETITS BOULOTS ?

IL A TOUJOURS ÉTÉ NUL !
POUR COMMENCER, IL Y A LA FOIS OÙ IL A ANNONCÉ À QUELQU'UN QU'IL ALLAIT MOURIR AVEC TROP D'AVANCE...
C'EST DUR, JE SAIS, MAIS JE SERAI LÀ, AVEC VOUS...
VOUS NE DEVEZ PAS... VOUS ÊTES ENCORE TROP JEUNE, IL VOUS RESTE DES TAS DE CHOSES À VIVRE !
EUH... PARDON ?
PUIS CELLE OÙ IL A EMPÊCHÉ UNE PERSONNE DE SE SUICIDER...
L'HOMME EN QUESTION A VÉCU JUSQU'À SES 98 ANS !
OU ENCORE CELLE OÙ EN VOULANT SE RENDRE SUR LES LIEUX D'UN ACCIDENT...
IL S'EST ÉVANOUI À LA VUE DU SANG D'UN GAMIN QUI S'ÉTAIT JUSTE ÉCORCHÉ EN TOMBANT... J'EN PASSE, ET DES MEILLEURES !
HIII ! C'EST QUOI, TOUT CE SANG ?!!
FLOP
ALLONS, ALLONS !
HEIN ?
POURQUOI IL S'AFFOLE, LUI ?
BREF, COMME IL ACCUMULE LES BOULETTES, ON NE LUI CONFIE PLUS RIEN...
À PART LA PAPERASSE OU LE TRANSPORT DES BAGAGES DES AUTRES SHINIGAMI, TU VOIS LE GENRE !
OH LÀ LÀ !
OH LÀ LÀ !
ET PUIS...
C'EST BON...
TU PEUX T'ARRÊTER LÀ !
GH...
JUSTEMENT, CE COUP-CI...
SNIF...
J'AI FAIT EXACTEMENT COMME LE ROI DES ENFERS ME L'A DEMANDÉ !

LE ROI DES ENFERS ?!
JE M'EN DOUTAIS...
IL T'A JUSTE RACONTÉ DES SALADES... ÇA L'AMUSE !
PFF...
QUOI ?!
TU N'ARRIVERAS À RIEN EN TENTANT DE NÉGOCIER AVEC LE PRINCE...
IL A L'AIR GENTIL, COMME ÇA, MAIS EN RÉALITÉ IL EST TRÈS AGRESSIF !
AH BON ?!
VOUS ÊTES SÛR ?
HÉ HÉ...
POUR ÊTRE HONNÊTE...
LE MIEUX, C'EST D'EMMENER GEE SANS RIEN EXPLIQUER À SON ALTESSE !
EUH... MAIS...
HMM...
ÇA VA ALLER, NE T'INQUIÈTE PAS !
IL TE SUFFIT SIMPLEMENT D'EXÉCUTER MES CONSIGNES !
VOILÀ CE QUE TU DIRAS... ♡
OH, MERCI BEAUCOUP !
...
FUIT
MOI QUI AI SUIVI... SES INSTRUCTIONS À LA LETTRE...
IL S'EST BIEN MOQUÉ DE MOI !
HA HA HA !
JE VOIS...
LES SHINIGAMI SONT LIÉS AU ROI DES ENFERS...
AH LÀ LÀ...
DÉCIDÉMENT, TU ES INCAPABLE DE T'EN SORTIR SANS MOI !
TU ES BEAUCOUP TROP NAÏF, MON PAUVRE !
SNIF... JUSTEMENT...
C'EST POUR ÇA...

QUE JE VEUX QUE TU FASSES DE NOUVEAU ÉQUIPE AVEC MOI...
GEE !
C'EST VRAI...
IL EST VENU POUR LUI, APRÈS TOUT !
JE NE PEUX PAS...
HEIN ?
FUIT
JE PRÉFÈRE RESTER AVEC JIRÔ...
JE N'AI PAS GRAND-CHOSE À FAIRE, ET JE M'AMUSE COMME UN PETIT FOU !
TU PARLES D'UNE RAISON !
ALTESSE ...
EST-CE QUE TU AS VRAIMENT BESOIN DE GEE ?
JE SAIS QUE CONTRAIREMENT À MOI, TU ES QUELQU'UN DE BRILLANT...
IL ME SERA BIEN PLUS UTILE !

JE NE SUIS BON À RIEN, SANS LUI !
J'ÉCHOUE DANS TOUT CE QUE J'ENTREPRENDS...
À CE RYTHME-LÀ, JE NE VAIS PAS POUVOIR RESTER LONGTEMPS AUX ENFERS !
J'AI PEUR...
QUAND IL N'EST PAS LÀ !
ALORS S'IL TE PLAÎT...
LAISSE-LE RENTRER AVEC MOI !
MEI...
PENSE CE QUE TU VEUX DE MOI...
MÊME SI TU ME TROUVES RIDICULE...
JE M'EN FICHE !

TOUT CE QUE JE DEMANDE... C'EST ÊTRE AVEC LUI !
JE VOIS BIEN...
QUE CE TYPE A BESOIN DE GEE !
IL A BEAU MANQUER D'ASSURANCE, ÇA SAUTE AUX YEUX...
MOI...
J'AI TOUJOURS EU GEE À MES CÔTÉS...
ALORS QUE...
LUI...
IMBÉCILE !

NE TE FIE PAS AUX RU-MEURS !
HEIN ?
LE PRINCE AUSSI EST PERDU, SANS MOI !
QU...
LAISSE TOMBER ...
POUR LE MOMENT, JE RESTE AVEC JIRÔ !
POF
DÉSOLÉ, MEIJI !
...
J'AI COMPRIS ...
SI C'EST CE QUE TU VEUX...
ALORS ...
FSH

JUSQU'À CE QUE JE PUISSE RENTRER ...
AVEC TOI...
FUIT
MOI...
MEIJI KURAKU...
TADAM
JE SERAI...
L'ASSISTANT DU PRINCE !
HEIN ?
LE ROI DES ENFERS M'A TOUT RA-CONTÉ...

LE MONDE DES DÉMONS EST MENACÉ...
EUH ...
ET TU DOIS LE SAUVER, C'EST BIEN ÇA ?
EUH ...
CRR
JE FERAI TOUT MON POSSIBLE POUR T'AIDER !
MAIS ...
JUSQU'À CE QUE TU TROUVES TA CIBLE...
JE TE SUIVRAI COMME TON OMBRE !
DEMANDE-MOI TOUT CE QUE TU VEUX, JE SUIS À TON ENTIÈRE DISPOSITION !
ÇA SUFFIT ! TU VAS ME LAISSER EN PLACER UNE, OUI ?!
HÉ HÉ !
ON DIRAIT QUE TU N'AS PAS TROP LE CHOIX... ♡
J'ESPÈRE QUE MEIJI S'EN EST SORTI...
SI ON ALLAIT VÉRIFIER ?
HMM...
NON !
VOUS CONNAISSEZ TRÈS BIEN LE RÉSULTAT...
HA HA HA !
PAUVRE SHINIGAMI !

# CHAPITRE 25 SAKURA

UN JOUR COMME LES AUTRES...
DING
DONG
DING
DONG
キーン
コーン
カーン
コーン
BLA BLA
ざわ
BLA BLA
ざわ
JIRÔ !
EXCUSE-MOI POUR L'ATTENTE !

TAP
TAP
TAP
VOILÀ DE QUOI DÉJEUNER !
FRSH
SUPER ...
TU N'ES PAS OBLIGÉ, TU SAIS...
TU ESSAIES DE ME GAVER ?
VOILÀ !
VOILÀ !
FRSH
MAIS NON, CE N'EST PAS GRAND-CHOSE !
PAR CONTRE, DÉSOLÉ, MAIS...
IL N'Y AVAIT PLUS DE THÉ, ALORS J'AI PRIS DES JUS DE FRUITS À LA PLACE !
ÇA IRA ?
IL Y A FRAISE, BANANE ET PÊCHE !
HMM ...
POC
SLURP
...
KIII
HANA VA BIEN ?
HMM ...

ELLE A L'AIR COMME D'HABITUDE...
OUI, ELLE EST RESTÉE FIDÈLE À ELLE-MÊME...
MALGRÉ LES ÉVÉNEMENTS...
DE NOËL !
...
HEIN ?
HA...
TAP
HANA ?!
HANA...
PAS QUESTION !!
JE REFUSE !!
AVEC TOI DANS LES PATTES, JE VAIS AVOIR L'AIR LOUCHE !!
POURQUOIII ?
NON !
EN PLUS ...
SI TU RESTES AVEC MOI, TU CROISERAS FORCÉMENT HANA !!

SI JAMAIS ELLE TE VOIT, ELLE VA...
HMM ...
JIRÔ ?
GLOUPS
...
ELLE S'EST RÉVEILLÉE !
HMM...
...
AH...
CLONG
TIENS ?
ON A UN INVITÉ ?
FSH
HEIN ?
EUH...
OH LÀ LÀ... MAIS POURQUOI JE ME SUIS ENDORMIE ICI, MOI ?!
AAH...
DÉSOLÉE, JE VAIS RANGER UN PEU !
MAIS ...
HANA !
POF

AT-TENDS…
TU ES SÛRE QUE ÇA VA ?
OUI, POURQUOI ?
?
HEIN ?! BEN…
AH OUI !
INSTALLEZ-VOUS, JE VAIS PRÉPARER DU THÉ !
FUIT
QUOII ?!!
PAS BESOIN, VOYONS !
AH !
NE T'EMBÊTE PAS POUR MOI !
TAP
TAP
TAP
DIS DONC…
TU PEUX M'EXPLIQUER ?
EUH…
J'AIMERAIS BIEN…
COMMENT ÇA ?
TU SAIS QUAND MÊME CE QUE TU AS FAIT, NON ?!
AAAH !
JE SUIS VRAIMENT DÉSOLÉ… JE N'Y COMPRENDS RIEN !

AU FAIT, JIRÔ...
FUIT
OUPS !!
AH !
QUOI ENCORE ?!
?
LES GAMINS T'ATTENDENT DEVANT LA PORTE !
JIRÔÔÔ ! ON EST VENUS TE CHERCHER !!
OH OH...
HO HO HO !
REMPLAÇANT
ALLEZ, GROUILLE-TOI !
AAH...
ÇA M'ÉTAIT SORTI DE LA TÊTE...
KI
?
EUH...
A... ALTESSE ?
PUIS-JE SAVOIR POURQUOI...
BLA BLA
C'EST BIEN TOI QUI AS DIT QUE TU ALLAIS M'AIDER, NON ?
EUH ...
EN EFFET, MAIS...
JOYE NOE

TADAM
EMPLOYÉ
BONJOUR !
POUR QUELLE RAISON, AU JUSTE... DOIS-JE RESTER PLANTÉ LÀ AVEC CE DÉGUISEMENT ?
BLA
BLA
HEIN ?
QU'EST-CE QUE J'EN SAIS, MOI ? C'EST COMME ÇA, UN POINT C'EST TOUT !
BONJOUR !!
ALLEZ, MON GARS, UN PEU D'ENTHOUSIASME !!
AH ! À VOS ORDRES !!
BAM
BLA
IL FUIT...
TAP
PFIOU...
VOILÀ UNE BONNE CHOSE DE FAITE !
TU VOIS QU'IL PEUT SE MONTRER UTILE !
TAP
PAS SURPRENANT QU'IL AIT L'HABITUDE D'ÊTRE EXPLOITÉ...
N'EMPÊCHE...
QUAND JE LE REGARDE, J'AI DU MAL À COMPRENDRE POURQUOI IL ME PARAISSAIT AUSSI FLIPPANT TOUT À L'HEURE !
TOUT EST DANS L'UNIFORME !
EN TEMPS NORMAL, LES SHINIGAMI NE SONT PAS DIFFÉRENTS DES HUMAINS !

TANT MIEUX ...
PARCE QU'AVEC SA TENUE DE TRAVAIL, IL ATTIRE UN PEU TROP L'ATTENTION !
L'UNIFORME
IL VA FALLOIR INVESTIR DANS QUELQUE CHOSE DE PLUS DISCRET !
JE VOUS DEMANDE DE PARTIR !
UN INVITÉ ?
C'EST VRAI QUE SANS LA CAPUCHE ET LE MASQUE, ÇA NE FAIT PAS DU TOUT LE MÊME EFFET...
PFF...
MAIS DE LÀ À NE PLUS LE RECONNAÎTRE !
IL FALLAIT VOIR LE CHANGEMENT D'ATTITUDE : AVANT...
ALLEZ-VOUS-EN !
ET APRÈS LE RÉVEIL...
QUI VEUT UN PEU DE THÉ ?
AH... MERCI !
HANA AVAIT MÊME OUBLIÉ QUE C'ÉTAIT NOËL !
...

C'EST À N'Y RIEN COMPRENDRE !
AAH...
DURE JOURNÉE, HEIN ?
HÉHÉ...
JE NE TE LE FAIS PAS DIRE...
J'AI AUTORISÉ MEIJI À M'ACCOMPAGNER AU LYCÉE PARCE QU'IL ÉTAIT CURIEUX DE DÉCOUVRIR CET ENDROIT...
SLURP
YAAAAH !
EH BIEN... LES FILLES ONT DE L'ÉNERGIE À REVENDRE !
ALORS ?
NON ?
JE PENSAIS QUE HANA SERAIT UN PEU MÉFIANTE, MAIS...
TIENS, TU ES LÀ ?
BONJOUR !
FRSH
...
HEIN ?
ON EST DANS LA MÊME CLASSE ?!
EH OUI.
SLURP
J'ADORE LA BANANE !
AU FINAL, ILS SONT DEVENUS BONS AMIS !
TU M'ÉNERVES À LA FIN !
QU'EST-CE QUE TU FICHES ?!
?!!
AH !
BAM
PSH
DÉSOLÉ ! TU PRÉFÈRES À LA BANANE, TOI AUSSI ?!
CLAC

BRR
おろ
BRR
おろ
FUIT
CE N'EST PAS ÇA ?
EUH...
EUH...
AH...
AH !
MAIS J'Y PENSE !
CLAC
JE SUIS ALLÉ À LA PÊCHE AUX INFORMATIONS, HIER, COMME TU ME L'AVAIS DEMANDÉ...
HEIN ?
!
C'EST VRAI ?
ALORS, QU'EST-CE QUE ÇA A DONNÉ ?
EH BIEN...
J'AI CONSULTÉ LES REGIS-TRES DES AUTRES SHINIGAMI, MAIS...
LA MORT DES PARENTS DE HANA N'EST ENREGISTRÉE NULLE PART !
CEPEN-DANT...
J'AI TOUT DE MÊME TROUVÉ...
UNE PISTE !
AH BON ?!
QUAND IL Y A DES ACCIDENTS, ON NOUS EN-VOIE TOUJOURS SUR PLACE...
AU CAS OÙ IL Y AURAIT DES MORTS !
ET DONC ...

IL EST PROBABLE QUE HANA AIT REN-CONTRÉ UN SHINIGAMI...
À CETTE OCCASION !
TU VEUX DIRE...
UN AUTRE SHINIGAMI ?
VOILÀ ...
EXACTE-MENT !
QUE CE SOIT LE MASQUE OU LES GANTS...
NOUS PORTONS TOUS LE MÊME ÉQUIPEMENT, QUAND NOUS TRAVAILLONS !
DU COUP, JE ME DIS...
QUE HANA M'A SÛREMENT CONFONDU AVEC UN CONFRÈRE ...
À QUI ELLE A FAIT UNE PROMESSE !

OUI... ÇA PARAÎT LOGIQUE !
DANS CE CAS...
IL SUFFIRAIT...
D'IDENTIFIER CE FAMEUX COLLÈGUE POUR EN SAVOIR PLUS !
TU SAIS QUI C'EST ?
ON POURRAIT LE RENCONTRER ?
...
NAVRÉ DE TE DÉCEVOIR, MAIS...
LES SHINIGAMI SONT TOUS DÉSIGNÉS PAR UN NUMÉRO...
IMPOSSIBLE DE CONNAÎTRE SON IDENTITÉ !
FSH
TOUT ÇA POUR ÇA...
PSH
ALORS TOI... JE TE FAIS CONFIANCE, ET VOILÀ LE RÉSULTAT !
QUELLE PLAIE.
DÉSOLÉ...
GH...
FRSH
FRSH
...

FSH
POUF
FSH
AU FAIT...
EUH... COMMENT DIRE... J'AI REMARQUÉ QUE TU L'AIMAIS BIEN !
QUOI ?
CE N'EST QUE MON HUMBLE AVIS...
MAIS JE CROIS QU'IL VAUT MIEUX COMMENCER PAR EN FINIR AVEC TU SAIS QUOI !
POURQUOI TU ROUGIS ?
EN FINIR AVEC QUOI ?
C'EST ÉVIDENT, VOYONS !
SAUVER TA PATRIE !
POM
FRSH
PLUS VITE CE SERA TERMINÉ ...
PLUS VITE GEE ET MOI, ON...
NON !
HÉ HÉ HÉ...
FRSH
ET CE N'EST PAS EN ME LE DEMANDANT COMME ÇA...
QUE TU VAS ME DONNER ENVIE DE BOUCLER MA MISSION !
JE TE VOIS VENIR À DES KILOMÈTRES...
ON POURRA S'OCCUPER DE HANA APRÈS...
JE SUIS PRÊT À T'AIDER, S'IL LE FAUT !
ALLEZ !
AAH...
FRSH
FRSH
ALLEZ, DIS-MOI TOUT !
QUI EST TA CIBLE ?
DÉPÊCHONS-NOUS DE LA METTRE HORS D'ÉTAT DE NUIRE !
...
TU TIENS VRAIMENT À LE SAVOIR ?

SI JE LUI RÉGLAIS SON COMPTE MAINTENANT ...
TU POURRAIS TIRER UN TRAIT SUR LE THÉ ET LES GÂTEAUX QUE TU APPRÉCIES TANT !
FSH
QU...
OÙ TU VEUX EN VENIR ?
HEIN ?
FAIS FONCTIONNER TES NEURONES !
DIS, HANA !
AH !
CLAC
ON VA TOUS AU CENTRE COMMERCIAL DE LA GARE, AUJOURD'HUI...
ÇA T'INTÉRESSE ?
IL Y A DES PROMOS !
DÉSOLÉE, MAIS JE NE PEUX PAS...
TU NE BOSSES PAS À LA BOUTIQUE, POURTANT ...
TU AS AUTRE CHOSE DE PRÉVU ?
EN FAIT...

C'EST MON JOUR DE VISITE...
AUJOURD'HUI !
!!
AH, C'EST VRAI...
TANT PIS, CE SERA POUR UNE AUTRE FOIS !
OUI, DÉSOLÉE ...
TU AS ENTENDU ? DE QUOI EST-CE QU'ELLE PARLE ?
BONNE QUESTION !
TAP
À TOUS LES COUPS, ÇA A UN RAPPORT AVEC NOTRE AFFAIRE...
ELLE VA SÛREMENT VOIR SES PARENTS !
JE SAIS QU'ELLE SE REND RÉGULIÈREMENT À L'HÔPITAL...
MAIS J'IGNORE QUAND EXACTEMENT !

LE MOINDRE PETIT DÉTAIL PEUT AVOIR SON IMPORTANCE...
SI ON N'EN APPREND PAS DAVANTAGE, ON NE S'EN SORTIRA JAMAIS !
TU VEUX RÉSOUDRE LE MYSTÈRE QUI ENTOURE CETTE FILLE, OUI OU NON ?
DANS CE GENRE DE SITUATION, MÊME SI TU DOIS COMMETTRE UN ACTE CONTRAIRE À LA MORALE, TA MISSION PASSE EN PRIORITÉ !
PAS LE CHOIX...
IL FAUT LA SUIVRE !
TING
QUOI ?
ON Y VERRA PEUT-ÊTRE PLUS CLAIR, APRÈS !
POF
EUH... MAIS...
FUIT
JIRÔ !
AH !
?!

TU ES BIZARRE ...
QU'EST-CE QUI T'ARRIVE ...
TOUT À COUP ?
...
J'AI SÛREMENT L'AIR GENTIL AVEC EUX, MAIS...
LES SHINIGAMI NE SONT PAS DU CÔTÉ DES HUMAINS !
NOUS LEUR APPORTONS LA MORT...
EN D'AUTRES TERMES...
NOUS SOMMES PLUS PROCHES DES DÉMONS !
POURQUOI TU HÉSITES AUTANT ?
TU ES UN DÉMON, APRÈS TOUT !

QUOI QUE CEUX DE TON ESPÈCE FASSENT AUX HUMAINS...
C'EST DANS L'ORDRE DES CHOSES !
JE SUIS UN DÉMON...
C'EST DANS L'ORDRE DES CHOSES...
COMME SI C'ÉTAIT AUSSI SIMPLE... IL EN A DE BONNES !
MAIS...
EN UN SENS, IL N'A PAS TORT...
SI JE VEUX QUE LES CHOSES CHANGENT...
JE DOIS PASSER À L'ACTION !
DE TOUTE FAÇON...
HANA EST MA CIBLE !
ET PUIS...
TU AS RAISON !
JE N'AI PAS À PRENDRE DE PINCETTES AVEC LES HUMAINS !
C'EST VRAI, QUOI !

JE SUIS UN DÉMON, AVANT TOUT !
NIARK
!!!
BOBOM
PAS VRAI ?
MODE DÉMON ACTIVÉ
E...
EXACTE-MENT !
ÇA, C'EST LE BON ÉTAT D'ESPRIT !
HA HA HA !
JE VAIS METTRE LE PAQUET !
HA HA HA !
QU'EST-CE QU'ILS MANIGANCENT, DEPUIS TOUT À L'HEURE ?
TSS...
?
VA SAVOIR ...

PAS MOYEN QUE J'ENTRE LÀ-DEDANS !
GH...
BRR
BRR
L'HÔPITAL, C'EST MON PIRE CAUCHEMAR !
IL S'ÉVANOUIT À LA SIMPLE VUE D'UNE SERINGUE ...
POF
IL Y A TROP DE FANTÔMES...
ET TROP DE BLESSÉS !
BRR
BRR
COMMENT ON A PU LUI CONFIER UNE FAUX ?
AH, JE TE JURE !
BON, CE N'EST PAS GRAVE, JE PEUX ME DÉBROUILLER SEUL...
DÉSOLÉ DE NE PAS POUVOIR T'ÊTRE UTILE...
HÉ HÉ...
ÇA NE CHANGE PAS DE D'HABITUDE !
TAP
TAP
GH...
T'ES MÉCHANT, GEE !
EN TOUT CAS...
ÇA FAISAIT LONG-TEMPS...

QUE JIRÔ NE S'ÉTAIT PAS COMPORTÉ EN DÉMON !
FSH
C'EST CETTE CHAMBRE...
ON DIRAIT !
CLAC
DOM
C'EST BIEN ÇA...
VOILÀ SA MÈRE...
AH...
BIZARRE...
ELLE N'A PAS L'AIR GRAVEMENT MALADE OU BLESSÉE...
JE PENSAIS QUE C'ÉTAIT PLUS SÉRIEUX QUE ÇA, POUR QU'UN SHINI-GAMI FASSE LE DÉPLACEMENT...

MAIS AU FAIT...
OÙ EST...
SON PÈRE ?
AH !
...
C'EST VRAI QU'IL EST TARD !
BON...
JE VAIS DEVOIR Y ALLER !
BIENTÔT ...
CE SERA ...
LA SAISON DES CERISIERS EN FLEUR !
ON DIRAIT BIEN ...
QUE CETTE ANNÉE ENCORE, JE VAIS LA PASSER ICI...
...
MAIS BON...
J'AI APPRIS À ÊTRE PATIENTE, ALORS ÇA VA !
IL NE DEVRAIT PLUS TARDER À VENIR ME CHERCHER, MAINTENANT !

OUI...
ET EN ATTENDANT ...
JE CONTINUERAI À VENIR TE VOIR !
HA HA...
MERCI, HANA !
SALUE TA MÈRE POUR MOI !
KOUMEDA SAKURA
ENTENDU ...
À BIENTÔT, SAKURA !

カラララ…
CLAC
パタン…
VLAM

TAP
TAP
SAKURA ?
TAP
KOUMEDA SAKURA
C'EST BIEN SON PRÉNOM ...
LEUR CONVER-SATION ÉTAIT BIZARRE...

CLAC
COMME SI...
TIENS ?
QU'EST-CE QUE TU FAIS ICI, TOI ?
TU VOULAIS ...
ME PARLER ?

BOBOM
C'EST LE PORTRAIT CRACHÉ DE HANA !
BOBOM
AH...
JE...
EUH ...
BOBOM
BOBOM
BOBOM
EN FAIT...
JE SUIS ...
LE PETIT AMI DE HANA ?
QUOI ?
INCROYABLE !

ELLE AURAIT PU ME DIRE QU'ELLE SORTAIT AVEC UN GARÇON AUSSI MIGNON !
OH LÀ LÀ...
HI HI HI
EUH... ATTENDEZ, VOUS FAITES FAUSSE ROUTE !!
EN FAIT...
J'HABITE CHEZ ELLE !
QUOI ?!
VOUS VIVEZ EN CONCUBINAGE ?!
OOH !
HEIN ?!
MAIS NON, JE SUIS JUSTE SON LOCATAIRE !
D'ACCORD...
TU ES SIMPLEMENT UN AMI...
TU L'ACCOMPAGNES, ALORS ?
EUH...
OUI...
HANA T'A PARLÉ DE MOI ?
EUH...
OUI, C'EST ÇA !
HI HI...
C'EST BIEN !
MERCI D'ÊTRE PASSÉ !
C'EST GENTIL À TOI DE T'ÊTRE DÉPLACÉ EXPRÈS POUR ME FAIRE UN PETIT COUCOU...
ALORS QUE TU VENAIS VOIR SA MÈRE !

HEIN ?
TU SAIS...
HANA EST VRAIMENT ADORABLE ! À CHAQUE FOIS QU'ELLE REND VISITE À SA MÈRE, ELLE EN PROFITE POUR VENIR ME VOIR...
RE-GARDE...
ELLE M'A MÊME APPORTÉ DES FLEURS !
COMME J'ÉTAIS TOUJOURS TOUTE SEULE...
JE M'ENNUYAIS À MOURIR ET JE N'ARRÊTAIS PAS DE ME PLAINDRE, ALORS...
À FORCE, ELLE A DÛ AVOIR PITIÉ DE MOI !

AU FAIT...
TU T'APPELLES COMMENT ?
S...
SAKU...
SAKURA...
...
KÔJIRÔ !
KÔJIRÔ ?
EN VOILÀ UN JOLI NOM !

DIS-MOI ...
QU'EST-CE QUE TU PENSES DE HANA ?
HEIN ?
ELLE EST TOUJOURS AUSSI GENTILLE AVEC TOUT LE MONDE ?
EUH ...
OUI...
JE VOIS ...
RIEN D'ÉTONNANT !
TU SAIS...
J'AIMERAIS POUVOIR PARLER DAVANTAGE AVEC ELLE...
COMME À UNE VÉRITABLE AMIE !
VU QUE ...
C'EST LA SEULE PERSONNE QUE JE CONNAISSE, ICI !
MAIS...

DISCUTER UN PEU...
SUFFIT À MON BONHEUR !
DU COUP, JE ME DIS QU'IL VAUT MIEUX EN RESTER LÀ !
JE NE VEUX PAS L'EMBÊTER !
SURTOUT...
GARDE ÇA POUR TOI, D'ACCORD !
MERCI D'ÊTRE VENU...
KÔJIRÔ !
ÇA REPRÉSENTE DÉJÀ BEAUCOUP POUR MOI QU'ELLE PASSE ME VOIR ALORS QU'ELLE NE ME CONNAÎT PAS...

JE N'AI PAS RÉUSSI À ARTICULER LE MOINDRE MOT...
QUI EST CETTE FEMME ?
DITES, GRAND-MÈRE...
OUI ?
VOUS VOUS SOUVENEZ...
DE MON NOM DE FAMILLE ?

...
ÉVIDEM-MENT...
C'EST "SAKURA" !
CE MOT...
J'AI REMAR-QUÉ QUE VOUS ÉVITIEZ DE LE PRONONCER...
À LA MAISON !
ALORS ...
TU AS FAIT SA CONNAIS-SANCE ?
...
JE VOIS...
TU AS COMPRIS, JE SUP-POSE ?

ELLE EST AMNÉSIQUE ?
OUI...
EN QUELQUE SORTE...
COMMENT ÇA ?
ÇA NE CONCERNE QUE HANA !
APRÈS SON ACCIDENT...
SAKURA A TOUT OUBLIÉ...
DE SA FILLE !

QUOI ?!
MAIS ...
GRAND-MÈRE ! JIRÔ !
VOUS VOULEZ DU THÉ ?
OUI, MERCI !
CLING
ET TOI ?
YOUHOU, JIRÔ !
AH !
OUI ...
S'IL TE PLAÎT !
HA HA HA... QU'EST-CE QUI T'ARRIVE ? TU ES POLI, MAINTENANT ?
TU ES MALADE OU QUOI ?
TAP
TAP
TAP
JIRÔ...

RESTE NATUREL AVEC HANA ...
ET RENDS-LUI SES SOURIRES, SURTOUT !
À CE MOMENT PRÉCIS, J'AI RESSENTI UN GRAND VIDE...
COMME SI MA TÊTE ÉTAIT REMPLIE DE COTON...
JE N'ARRIVAIS PLUS À PENSER À QUOI QUE CE SOIT...
LA SAISON DES CERISIERS APPROCHE...
CE SERA MON DEUXIÈME PRINTEMPS CHEZ LES HUMAINS !
CRIMSON PRINCE 5 - FIN

Crimson Prince

UNE PAGE POUR LE PLAISIR !
VERSION SAC DE COUCHAGE...
...
DÉSOLÉ...
CROQUIS POUR LE CD DRAMA...
SUPER !
TIRÉ DU CD DRAMA...
HÉ HÉ...
PFF...
AH !
BONJOUR ! (VOIX DOUCEREUSE)
LE LARBIN...
OUAAH...
TU ES RENTRÉ ?
COUCOU, ISSA !
LES GAMINS DU CLAN SHIROGANE.
OUAIS !
OUAIS !

LE MORAL DANS LES CHAUSSETTES...
VU DE PROFIL...
QUELLE CHALEUR !
BRR...
ÇA CAILLE !
TOUT JUSTE COLLÉGIENNE !
CLING
HAHAHAHA !
J'AIME BIEN DESSINER LES PETITS CHOU-PINOUS !
ISSA PETIT...

Special Thanks!

# REMERCIEMENTS

Ryôta
Matoba
Ma famille
Mes amis
Mon responsable éditorial,
M. Shimomura
Tous mes lecteurs

Merci à tous !

* · *

Rendez-vous au
prochain volume !

Souta Kuwahara

Editions Ki-oon

www.ki-oon.com

ISBN 978-2-35592-287-9